1861

LE
FABULISTE
CHRÉTIEN

Par J.-M. VILLEFRANCHE

5e ÉDITION

BOURG
CHEZ L'AUTEUR, PLACE D'ARMES, 1

PARIS	LYON
CH. DELAGRAVE	BRIDAY
Rue des Écoles	Avenue de l'Archevêché

1880

LE

FABULISTE CHRÉTIEN

LE

FABULISTE

CHRÉTIEN

Par J.-M. VILLEFRANCHE

5ᵉ ÉDITION

BOURG

CHEZ L'AUTEUR, PLACE D'ARMES, 1

PARIS	LYON
CH. DELAGRAVE	BRIDAY
Rue des Écoles	Avenue de l'Archevêché

1880

pas le pinceau de La Fontaine. Mais ce qui fera le mérite singulier de votre livre, c'est que vous vous êtes inspiré d'une pensée toute chrétienne : combattre les erreurs et les travers de notre siècle et remettre en lumière des vérités trop oubliées aujourd'hui. Je ne crois donc pas me tromper en espérant que les familles et les maisons d'éducation chrétiennes vous feront bon accueil ; vous leur apporterez plaisir et instruction tout ensemble.

C'est de grand cœur que je bénis et l'ouvrage et l'auteur, dont je connais le dévouement aux œuvres de la foi et de la charité. Veuillez agréer, mon cher Monsieur, l'assurance de mes sentiments les plus dévoués en Notre-Seigneur.

† FRANÇOIS,

Evêque de Belley (1).

Bourg, le 29 décembre 1874.

Toulouse, 24 avril 1854.

Vous avez envoyé sept Fables au concours de notre Académie ; je crois, Monsieur, que si nous avions eu sept fleurs à distribuer au genre de poésie que vous cultivez avec tant d'éclat, nous les aurions mises toutes dans votre main (2). J'ai du moins le plaisir de vous annoncer que le prix de l'apologue, pour cette année, a été décerné à celui de vos petits poëmes qui nous a paru le plus parfait. Mais vous trouverez mon appréciation motivée dans mon rapport sur le concours. N'ayant en aucune façon l'honneur de vous connaître, je ne sais, Monsieur, si vous pourrez venir en entendre la lecture au Capitole, le 3 mai prochain, et nous lire vous-même votre charmante pièce, etc.

(V^le de PANAT, *Secrétaire perpétuel de l'Académie des Jeux floraux.*)

---

(1) Depuis archevêque de Larisse et coadjuteur de Paris.
(2) Ces sept fables font partie du *Fabuliste chrétien.*

Plusieurs apologues nous ont été envoyés par un poëte lyonnais, M. Villefranche, dont le triomphe est complet dès sa première apparition à nos concours. Il est facile de comprendre le principal motif qui, dans les temps actuels, nous a portés à donner l'exclusion au dialogue énergique et concis intitulé : *La Plume et l'Epée*. Mais rien ne nous empêchait de décerner le prix au drame si plein de poésie et d'émotion qui a pour titre : *L'Autour, la Pie et les Tourterelles....* L'Académie couronne en lui la netteté de la composition, la vérité du sentiment, la justesse des proportions, l'élégante sobriété du style, enfin un bon modèle à présenter aux jeunes gens que les promesses du 3 mai attirent toujours plus nombreux à nos concours... Ils apprendront, par de tels exemples, comment on conserve à chaque genre le ton qui lui appartient, comment on dispose le plan d'un ouvrage, comment on déguise les efforts du travail sous les apparences de la facilité, comment on allie le piquant au naturel, la simplicité à la grâce. Il faut tout cela pour réussir dans la carrière des lettres, et tout cela ne suffit pas encore...

(Vte de PANAT, *Rapport sur le Concours de 1854. — Recueil de l'Académie des Jeux floraux, année 1854.*)

Un ancien lauréat de notre Académie, M. Villefranche, nous revient cette année avec deux fables qui se placeront au nombre de ses meilleures; elles font assaut d'enjouement et de verve : *Le Coucou et le Ramier, le Chat et la Chatte* (1). Un but moral est parfaitement indiqué dans chacune de ces compositions. La première flétrit l'égoïsme de l'homme de plaisir... La seconde, amusante et affilée d'esprit nous instruit fort sagement sur la grande affaire de la vie, à savoir le choix d'une femme. Vous y applau-

---

(1) *Le Chat et la Chatte*, à cause de certains détails un peu réalistes, n'a pu prendre place dans le *Fabuliste chrétien*; cette pièce figure seulement dans les *Fables et Ballades*.

direz, car elle a reçu une couronne. Les détails en sont admirablement rendus, le langage plein de justesse... etc.

(Auguste ALBERT, *Rapport sur le Concours de 1860. — Recueil de l'Académie des Jeux floraux, année 1860.*)

Paris, juillet 1861.

Monsieur,

Je reçois chaque année des ballots de *Fables* nouvelles. Vous voudrez bien me reconnaître le droit de ne pas les lire toutes ou de m'arrêter avant la fin. Ce droit, je n'en ai pas usé envers les vôtres, en quoi j'ai eu peu de mérite, n'ayant pas eu besoin d'effort. Vos fables sont de petits sermons où l'on ne dort pas : *La Fourmi et l'Abeille* font plaisir après la *Cigale et la Fourmi* de La Fontaine ; *Le Singe et les deux Chats* m'ont égayé, même après ceux de La Mothe. Ne laissez pas, toutefois, de raccourcir quelques-unes de vos morales, par exemple celles en tête de *La Chauve-souris* et des *Rêves de l'âne* ; elles y gagneront. Abstenez-vous surtout de vous attaquer à des confrères, comme dans *Le Rat dans la Bibliothèque*, ou, à la Faculté, comme dans *La Médecine et la Santé* : votre succès y gagnera (1).

Quelle place la postérité assignera-t-elle à chacun de nous, pâles imitateurs du Grand Fabuliste ? Ce qu'on peut affirmer tout d'abord, c'est que la plupart des concurrents ne seront pas même *placés*. Vous le serez, vous, Monsieur, et quant à moi, je m'accommoderais volontiers de votre voisinage.

VIENNET.

..... Je n'ai pas manqué de lire les *Fables* de ce jeune écrivain, M. Villefranche, votre compagnon d'armes dans la campagne si patriotique et si heureusement terminée.

---

(1) Ces conseils ont été mis à profit

de l'annexion de la Savoie. Elles ont de la grâce, de la
la verve, une remarquable variété de tons et de couleurs,
une aimable philosophie. Je sais que mon collègue à l'Aca-
demie, M. Viennet, aujourd'hui le maître en ce genre, les
tient en grande estime ; il doit l'avoir écrit à l'auteur... On
aimerait seulement deux choses : que les rats de M. Villefranche vécussent tout simplement de fromage, au lieu
de réputations contemporaines, et en second lieu que le
souffle moderne passât plus souvent au travers de son
inspiration (1).

(Extrait d'une lettre de M. SAINTE-BEUVE à M. Anselme PETETIN,
directeur de l'imprimerie impériale avril; 1861.)

.... J'ai dû partir sans avoir revu M. Villlefranche, mais
non sans avoir lu le manuscrit de ses *Fables*... J'y trouve
assez de poésie, de grâce, d'élégance, de finesse, pour ne
garder aucun doute sur la vocation de l'auteur. Je signa-
lerai entre autres : *L'Ormeau et le Liseron, un Héros
chez les Rats, l'Enfant et l'Echo, les deux Roses, l'Ecureuil et le Renard, le Cygne et le Paon, la Chauve-
souris....* Qu'il me permette seulement de l'engager à for-
tifier quelques rimes.... et à se défier des petits vers de
sept pieds ; arrivant tout d'un coup après des vers de dix
ou de douze, ils forment une chute désagréable à l'oreille.
Mais quinze ou vingt jours de travail lui suffiront pour
mettre à néant, avant l'impression, ces critiques légères
que j'ose lui soumettre en vertu du plus triste des privi-
léges, celui de mon âge...

(Extrait d'une note de M. Armand de PONTMARTIN;
octobre 1862.)

(1) J'ai fait droit à la première critique de Sainte-Beuve en retranchant ici *Le
Rat dans la Bibliothèque*. Quant à la seconde, je ne saurais. Le « souffle moderne, »
comme l'entendait Sainte-Beuve, n'est point du tout mon fait et ne le sera jamais,
s'il plaît à Dieu.

Du temps que les bêtes parlaient, — Ce temps n'est pas si loin qu'on pense, observe malicieusement M. Villefranche, — Du temps, dis-je, que les bêtes parlaient, on n'ouït jamais un langage plus gai, plus vif, plus naïf, plus charmant que celui qui bavarde, rit, chuchotte, moralise, roucoule et murmure dans le fabuliste lyonnais. C'est beaucoup dire, n'est-ce pas ? car La Fontaine, Florian, Aubert, Le Bailly et M. Viennet les ont fait parler, ces pauvres bêtes, de façon qu'on remercie le ciel de les avoir obligées à se servir d'interprètes humains. Ce qu'elles eussent dit eût été bien commun, bien plat, — tranchons le mot, — bien bête, auprès des paroles que leur ont prêtées d'aussi aimables esprits que ceux dont M. Villefranche grossit la liste... En annonçant son livre pour la première fois, (*Gazette de France* du 19 décembre 1852,) nous l'avons très-abondamment cité. Nous voulons lui faire encore d'autres emprunts, que nous relèverons à mesure de nos critiques et de nos éloges motivés.......

....

Mais il faut nous arrêter... Que ne pouvons-nous faire comme Mᵐᵉ de Sévigné lorsque, en présence d'un panier de belles cerises, elle commençait par choisir les plus mûres et finissait par les manger toutes ?

(M. J. BRISSET, *Gazette de France, 9 avril 1853.*)

———

Le succès du *Fabuliste chrétien* prouve qu'il n'est pas nécessaire, pour donner de l'attrait à l'apologue, d'en faire, comme notre grand Fabuliste, une satire de la société. Déjà Florian avait essayé de retirer ce genre aimable de la voie dangereuse où La Fontaine l'avait jeté. D'une comédie souvent malsaine à cause du scepticisme trop manifeste du poëte à l'endroit de la vertu humaine, Florian fit un drame véritablement moral. Mais l'excellent homme, qui était de son temps, n'alla pas au delà d'une philosophie sentimentale; c'est à notre époque et à M. Villefranche qu'il était réservé de créer la Fable chrétienne dans l'esprit de l'Evangile, et non plus dans celui de Montaigne ou de Jean-Jacques Rousseau... M. Villefranche a élargi non-seulement la portée, mais aussi le cadre traditionnel de la fable. Des anecdotes charmantes, des traits délicats, des mots piquants ont fréquemment servi de fond à ses récits qui n'ont rien perdu ni en agrément narratif, ni en salubrité morale à mettre en scène, par moments, des hommes et des personnifications au lieu d'animaux... etc.

P. DOUHAIRE.

Le Correspondant, 25 mai 1876.

Voici un volume qui vient bien à son heure. Il y a vingt-cinq ans qu'il est sur le métier; nous l'avons vu commencer et nous le voyons finir. Ses débuts nous charmèrent sur les bancs du collége chrétien où, alors professeur, le poète essayait sa jeune muse entre deux corrections de versions; les conclusions du petit livre nous consolent dans l'âge mûr. Et ce n'est pas sans un retour délicieux vers le passé que nous livrons le *Fabuliste chrétien* à nos enfants.

.... N'entendons-nous pas répéter souvent que les catholiques ne savent pas écrire? Lisez, lecteurs idolâtres de la forme, lisez le *Fabuliste chrétien*, et dites-nous si ce n'est pas la manière de La Fontaine, sa verve piquante et naïve, son vers riche et facile, son rhythme approprié au sujet, l'harmonieuse nuance de ses couleurs *(Suivent quelques citations)*..............................
....

La Fontaine est un de nos plus grands poètes, mais c'est un poète païen; sa morale est purement utilitaire; La Fontaine ne nous suffit plus. Il nous faut, il faut à nos enfants un fabuliste dans la poitrine duquel palpite un cœur chrétien. M. Villefranche est ce novateur. Boileau y trouvera peut-être à redire; mais que nous importe, si les jeunes mères chrétiennes le bénissent. Nous n'élevons pas nos enfants pour rêver éternellement sur les ruines du Panthéon; mais bien pour aimer et servir Dieu, non pas un Dieu vague, mais bien Notre-Seigneur Jesus-Christ..

Vicomte G. de CHAULNES.

(*Union* du 16 juillet 1875.)

TRADUCTION DE L'ITALIEN.

Turin, le 19 mai 1876.

Monsieur,

J'ai différé de vous remercier de votre *Pie IX* et de votre *Fabuliste chrétien* afin de pouvoir vous rendre compte du concours ouvert, dans l'*Unità Catholica*, pour la traduction en vers italiens de votre magnifique fable *Le Singe et la Colombe*. Le jury était composé de trois professeurs éminents de l'Université de Turin, Faculté des Belles lettres. Les concurrents se sont présentés au nombre de cent trente-huit, sans compter une traduction en vers latins. Vous avez dû lire dans l'*Unità*, nos d'hier et d'aujourd'hui, les plus parfaites de ces pièces; il y en a vraiment qui rappellent les beaux jours de la poésie italienne. Nous donnons pour prix aux auteurs des deux premières, le docteur Louis Ferraris et l'abbé Jean-Sévère Uberti, de Milan, des abonnements à l'*Unità*; quant aux deux qui viennent après, le professeur Carlo Ferraris, de Turin, et le P. François Moltedo, de Florence, nous comptons sur vous pour les récompenser par l'envoi de vos ouvrages. Voici leur adresse... L'abbé Uberti, et d'autres encore, ont exprimé le désir de traduire le *Fabuliste* tout entier, comme d'autres traduisent votre *Pie IX* (1); je les ai priés de vous écrire pour s'entendre avec vous...

(1) Les traductions du *Fabuliste chrétien* par l'abbé Uberti, ont paru et paraissent encore en diverses *Revues* italiennes.

Et maintenant permettez-moi de me réjouir, avec tous les honnêtes gens, du noble usage que vous faites de vos talents, et de la part que vous prenez à la défense de la religion et de l'ordre social. Votre nom est désormais béni et acclamé dans toute l'Italie, autant qu'il peut l'être en France. Dieu vous bénisse et vous conserve pour la gloire de votre patrie! Pour le peu que je puis, servez-vous libéralement de moi et sachez que vous avez à Turin un sincère ami et admirateur en la personne de

T. Giacomo MARGOTTI,
Directeur de l'*Unità Cattolica*.

Tarnopol (Pologne autrichienne), le 25 août 1878.

Monsieur,

C'est avec joie, mais sans surprise, que j'ai appris que le La Fontaine chrétien était le même que l'historien de *Pie IX* et le romancier de *Cinéas* . . . .
Votre fable *Le Singe et la Colombe*, déclamée par un de mes élèves, avec une variante que vous avez peut-être eu raison de retrancher dans le *Fabuliste chrétien* :

O Bismarck, aujourd'hui le plus fort des humains!

Cette fable, dis-je a tellement frappé et ému les auditeurs, que l'un d'eux, le comte de Baworowski, l'a mise aussitôt en vers polonais et vous demande l'autorisation de la publier. Le R. P. Holubowicz y a joint une illustration, dont je vous envoie le dessin (1).
J'ai noté dans le *Fabuliste* beaucoup d'autres pièces qui

---

(1) Cette petite publication a eu lieu : *Gobab i malpa, Tarnopol, z druzarni Joséfa Paulowskiego,* 1878.

me plaisent infiniment; nous avons mis cet ouvrage entre
les mains de nos enfants. Souvent aussi je l'ai signalé à
nos pères de France et j'ai soin de le recommander partout dans les colléges de jeunes gens et pour les pension-
nats de jeunes filles.....

A. VIVIER S. J.

Recteur du collége de Tarnopol.

EXTRAIT D'UN BREF DE SA SAINTETÉ PIE IX.

...Sa Sainteté n'ignore pas non plus vos autres travaux.
...... Elle connaît ces fables ingénieuses et ces fictions lit-
téraires, d'autant plus écoutées qu'elles sont plus détour-
nées et plus adroites, par lesquelles vous vous efforcez de
propager les doctrines religieuses et l'amour de la vertu.
Sa Sainteté se réjouit des louanges accordées à de tels
écrits par des hommes instruits et pieux; Elle vous en
félicite du fond du cœur, ne doutant nullement que vous
persévérerez avec constance dans la voie où vous marchez. Elle appelle sur vous, à cet effet, tous les secours
célestes............

François MERCURELLI,

Secrétaire de Sa Sainteté pour les Brefs aux Princes.

Rome, 12 juin 1876.

LE FABULISTE

CHRÉTIEN

PROLOGUE

Le Philosophe et le Berger

Un vieux berger avait, par sa sagesse,
Acquis un renom tel qu'on eût pu l'égaler
   Aux anciens sages de la Grèce.
   Un philosophe en entendit parler;
   Il voulut voir ce champêtre confrère
Et peut-être un peu rire à ses dépens, dit-on.
   Il le trouva près d'un bois solitaire :
Bonhomme, lui dit-il, avez-vous lu Platon ?
   Ou, comme Ulysse, en des courses lointaines,
Avez-vous comparé les mœurs, les lois humaines?
    — Ma foi, répondit le berger,
Ces gens dont vous parlez je n'ai point l'avantage
   De les connaître; et quant à voyager,
   Je n'ai jamais dépassé mon village.

Puis, je ne sais pas lire et l'avoue humblement;
   Mais j'ai vécu chrétiennement
   En m'efforçant de me connaître.
Autour de moi tout m'a servi de maître.
A travailler avec ordre et toujours
   L'abeille forma mon enfance;
   Le bœuf m'apprit la patience
   Et la fourmi, pour mes vieux jours,
   M'instruisit à la prévoyance.
J'ai vu contre l'autour lutter, d'un bec vainqueur,
La poule rassemblant ses poussins sous son aile.
   Et de tendresse paternelle
   J'ai senti palpiter mon cœur.
   Mon chien m'a servi de modèle
Pour l'amour du devoir et la fidélité;
   Et que de fois ma sensibilité
Se ranima près de ma tourterelle!
   Dans le tableau de l'univers
   Dieu, que j'admire en ses ouvrages,
   M'offre aussi de vives images
   De nos vices, de nos travers.
   Le paon, trop fier de son plumage,
   Me dégoûte des vains atours;
   Les loups exécrés, les vautours
   M'inspirent l'horreur du pillage.
   Pour chérir la discrétion
Je n'ai besoin que d'entendre la pie;
Et comment rencontrer le serpent, le scorpion,

Sans détester la fourberie ?

Mais élevons nos yeux. Si devant les frimas,
    Je vois fuir l'hirondelle née
    Sous mon toit dans la même année,
Et son vol confiant croire en d'autres climats
Qu'elle n'a jamais vus, qu'elle ne connaît pas :
    Je songe alors à mon âme immortelle,
    Je songe au ciel où Dieu m'appelle
Et mon front, qui blanchit sous la neige des ans,
Bien loin de s'assombrir, rayonne d'espérance.
La mort pour le chrétien est une délivrance.
Qu'elle vienne arrêter mes pas déjà pesants !
    Je suis prêt : J'ai vu dans plaine
Pourrir, mais pour germer, la graine du sillon,
    Et la chenille qui se traîne
    S'enfermer au tombeau, certaine
    Qu'elle en sortira papillon !...
A ces mots il se tait ; sa parole attendrie
S'éteint dans un accès de douce rêverie.
L'autre écoutait toujours, muet, mais sans songer
    A ses projets de raillerie.
Enfin le philosophe embrassa le berger :
— Oui, vous êtes un sage, ô vous qui, sans culture,
Savez, sous l'œil de Dieu, si bien interroger
    Le grand livre de la nature !

LIVRE PREMIER

FABLES ENFANTINES

FABLE Ire

La première récompense

Fanfan a bien lu sa leçon.
Que faut-il lui donner ? Une image ? Un bonbon ?
Non, dit Fanfan, plus rusé qu'on ne pense,
Un baiser de maman sera ma récompense.

FABLE II

Le Hérisson

Tout le monde me fuit, me rebute, me gronde,
Disait un hérisson. — C'est ta faute, crois-moi,
Lui répondit un loir : tu piques tout le monde ;
Sois doux, sois complaisant, on le sera pour toi.

FABLE III

Le jeune Rat et la Noix

Un tout jeune rat trouve une noix ; il y mord ;
Un fruit cela ? dit-il ; non, non, maman se moque,
C'est un morceau de bois.—C'est un fruit, mais d'abord
Il faut, dit un vieux rat, qu'on en ronge la coque.
Enfant, point de plaisir sans peine et sans effort.

FABLE IV

Le Chat et le Citron

Gourmand et maraudeur, Minet vole un citron :
Etant si beau, dit-il, comme il doit être bon !
Il le trouve aigre, amer ; à dix pas il le lance
Et dit : je ne veux plus juger sur l'apparence.

FABLE V

Le Sansonnet et le Merle

Un sansonnet des bois loge en son nid sauvage
Un merle apprivoisé, fugitif d'une cage.
    Ses petits, ayant entendu
Chanter cet étranger, imitent son ramage ;
Ils seront les premiers musiciens du bocage.
    Un bienfait n'est jamais perdu.

FABLE VI

Les premiers Sous

Bébé savait tout un verbe sans faute ;
   On lui donna deux petits sous.
Regardez, c'est à moi, criait-il à voix haute.
Le vieux curé lui dit : Bien, mais que ferez-vous,
Que ferez-vous, Bébé, d'une aussi grosse somme ?
   Bébé les donne aux malheureux.
Ah ! reprit le curé, cher enfant généreux,
Le ciel vous bénira lorsque vous serez homme !
Etre savant, c'est bien ; charitable, c'est mieux.

FABLE VII

La Souris et le Rat

Petite souris mignonnette
Trottait en faisant sa cueillette ;
Elle croquait d'ici, de là,
Miettes de pain, de chocolat ;

Lorsque certaine maisonnette
Propre, séduisante et coquette
Attira ses regards de loin.
Elle approche et là, dans un coin,
Elle voit du lard, gros comme elle,
Qui semble lui crier : Entrez,
Ne craignez rien, mademoiselle,
Entrez, vous vous régalerez !
Elle y courait, tête première ;
Mais par bonheur un souvenir
Vint à propos la retenir ;
Notre souris songe à sa mère :
Pauvre maman qui si souvent
M'a dit : Prends garde, mon enfant,
Prends garde, crains la souricière
Et n'entre nulle part sans moi !
Non, je ne veux, pas te déplaire,
Maman, je n'irai pas sans toi !
Comme elle parlait de la sorte,
Un jeune rat qui l'entendit
La traita de sotte et lui dit :
Ta mère, ta mère, eh ! qu'importe ?
D'abord elle n'en saura rien...
(Ce rat c'était un franc vaurien)
Le lard est fait pour qu'on le croque.
Viens-tu ?... Ma mère aussi toujours
Me tient d'insipides discours ;
Tu vas voir comme je m'en moque !

Alors le mauvais garnement
Vers le lard s'élance gaîment.
Hélas! à peine il s'en approche
Qu'une bascule se décroche
Et vous enferme le gourmand.
Une servante vient, l'attrape
Et le jette au chat qui le happe.
La souris dit, tremblant de peur :
Voilà ce qu'on allait me faire
Si j'avais eu l'affreux malheur
De désobéir à ma mère!

FABLE VIII

Le Bœuf

Un jour un bœuf, pris de paresse,
Ne voulut plus rien faire absolument.
On le mit dans un pré. Là, broutant et dormant,
L'indolent animal se repose et s'engraisse.
Mais après quelques mois, voilà que le boucher
     Vient le chercher.
« Va-t-en, lui dit le bœuf, je ne veux pas te suivre,
Retournons au travail! » On ne l'écouta pas ;
On en fit des biftecks et du potage gras.

Les paresseux sont indignes de vivre.

FABLE IX

Le Moucheron et le Papillon

Beau moucheron, fuis la chandelle,
Crois moi, je m'y suis brulé l'aile,
Disait le papillon un soir.

Non, répond l'insecte rebelle,
Je veux la voir, elle est si belle!
Je veux tout voir et tout savoir.

Et la bestiole fanfaronne
Passe, repasse et tourbillonne
Autour du flambeau radieux.

Malheur! Elle y touche, elle y tombe;
Le suif brulant devient la tombe
De l'insecte trop curieux.

FABLE X

L'Enfant et le Noisetier

Pourquoi cacher tes fruits sous tes feuilles? disait
Au noisetier la petite Eudoxie.
Le noisetier répondit : C'est
Pour t'enseigner la modestie.

FABLE XI

Le petit volontaire

Fanfan pleurait pour avoir un gâteau.
En voici deux, mais tais-toi, dit la mère.
Lorsqu'il les eut croqués, il voulut un bateau,
Et la mère, espérant toujours le faire taire,
Dit : Va pour un bateau ! — Mais maintenant de l'eau,
De l'eau, cria Fanfan, pour que mon bateau flotte !...
Maintenant un pantin pour embarquer dessus ;
Mais non, pas de pantin, je veux une cocotte !...
Et Fanfan brisait tout, quand ses cris entendus
    Attirèrent enfin son père.
Ce père, homme avisé, lui dit : J'ai ton affaire.
Fanfan reçut le fouet, Fanfan ne cria plus.

Heureux l'enfant pour qui l'on sait être sévère !

FABLE XII

La Pie

Pour fêter le printemps, réveil de la nature,
    De gais oiseaux, orchestre ailé des bois,
    Réunissant l'élite de leurs voix,
Préparaient un concert. Déjà sous la verdure

Le sansonnet, le merle et le pinson
Etudiaient ensemble une chanson.
A ce trio s'adjoignit une pie,
Et c'en fut fait de la leçon :
  « Un tel n'est pas à l'unisson ;
  Un tel a-t-il donc la pépie,
  Qu'il est muet comme un poisson ?
  Voyez ce geai qui nous épie
  Là-bas du haut de ce buisson...
  Et ce gros moineau qui pépie
Bonté divine, a-t-il l'air polisson ! »
Elle parlait toujours ; les autres s'en lassèrent
Et de leur compagnie à la fin la chassèrent
  A grand coups de bec dans le dos.
Va-t'en, méchante pie, on ne peut rien apprendre,
  On ne peut pas même s'entendre
Avec les babillards, qui toujours sont des sots.

FABLE XIII

Petit Frère et grande Sœur

LE FRÈRE.

Asseyons-nous, ma sœur, au bord de ce ruisseau,
Tiens, là, sous la charmille arrondie en berceau.

LA SŒUR.

Le bel insecte vert ! Comme il plane, voltige,
Et des roseaux sous lui courbe la longue tige !

LE FRÈRE.

Ma sœur, qui donc a fait l'insecte et les roseaux ?

LA SŒUR.

C'est le bon Dieu, mon frère.

LE FRÈRE.

        Et le courant des eaux ?

LA SŒUR.

C'est encor Dieu.

LE FRÈRE.

        Ma sœur, et le poisson qui nage,
Et le ciel, au-dessus, avec ce gros nuage ?

LA SŒUR.

Tout ce qu'on aperçoit ici, comme en tout lieu,
C'est le bon Dieu toujours.

LE FRÈRE.

        Quoi ! ma sœur, toujours Dieu !
L'as-tu vu quelquefois, le bon Dieu ?

LA SŒUR.

                Non, mon frère.

LE FRÈRE.

Quand il fit tout cela tu ne l'as pas vu faire !

LA SOEUR.

Non.

LE FRÈRE.

Alors qu'en sais-tu ?

LA SOEUR.

Frère, nous n'avons pas
Vu bâtir la maison où papa nous abrite,
Où vers maman bientôt nous porterons nos pas ;
Et pourtant nous savons que quelqu'un l'a construite ;
Rien ne se fait tout seul.

LE FRÈRE.

Mais pour qui Dieu fit-il
Tant d'objets si charmants ?

LA SOEUR.

Pour nous, pour notre usage.

LE FRÈRE.

Pour nous ? Oh ! de sa part, ma sœur, c'est bien gentil !
Je lui ferai plaisir aussi ; je serai sage.

LA SOEUR.

Mettons-nous à genoux.

TOUS DEUX (joignant les mains)

O Dieu, si bon pour nous,
Voici nos jeunes cœurs, qu'ils soient toujours à vous !

FABLE XIV

Le bon Médor

Médor Bon-cœur était un brave chien!
Né dans le luxe et la richesse,
　　Il aimait à faire du bien
　　A ses confrères en détresse.
En voyait-il errer affamés, ventre-creux :
　　Il se privait de tout pour eux.
　　Et si quelque méchant caniche,
　　Aux vieux chiens faisait quelque niche,
　　On était sûr de voir Médor Bon-cœur
Du côté du moqué, mais jamais du moqueur.
　　Un certain jour miss Freluquette,
　　Jeune levrette égoïste et coquette,
Lui dit : Pauvre Médor, ne songe donc qu'à toi.
Tu ne manques de rien; que t'importent les autres?
　　Leurs ennuis ne sont pas les nôtres!
—Moi, dit Médor, voici ma maxime et ma loi :
　　C'est qu'il faut qu'aux autres je fasse
Ce que, de mon côté, si j'étais à leur place,
　　Je voudrais qu'ils fissent pour moi.

FABLE XV

Minette et Minet

Minette la jeune chatte,
Un jambonneau sous la patte
Se régalait près du feu.

« Veux-tu m'en donner, Minette,
Dit Minet d'un air honnête,
Veux-tu m'en donner un peu ?

— Oui, répondit la gourmande
Laisse-moi finir la viande
Et je te donnerai l'os.

— L'os, dit Minet, belle affaire !
C'est quand tu n'en as que faire
Que tu m'offres tes cadeaux !

Non, point de mérite, écoute,
A donner sans qu'il en coûte. »
Et Minet tourna le dos.

FABLE XVI

Le Singe et le Miroir

Un sot met ses défauts au compte du voisin.
Gilles trouve un miroir; il y voit son image :
Tiens, dit-il, le portrait de Coco, mon cousin !
Voilà bien son nez plat, son grimaçant visage;
Pauvre vilain Coco, je me cacherais, moi,
Si j'avais le malheur d'être aussi laid que toi !

FABLE XVII

Azor et Pataud

Pataud est un bon chien de garde;
Mais il grogne toujours et de travers regarde;
Chacun s'écarte en passant près de lui,
zor, chien de salon, ne sait qu'offrir la patte
Et cependant on l'appelle, on le flatte.
Pourquoi cela? C'est qu'Azor est poli.

La politesse, enfants, rend tout aimable;
Elle est l'extérieur d'une âme charitable;

Si vous êtes bons en dedans,
Soyez-le donc en même temps
Par le dehors : « Bonjour, Monsieur ; bonsoir, grand'père ;
Merci, Madame ; adieu grand'mère ; ·
Chère marraine, avez-vous bien dormi ? »
Voilà de petits mots qui ne vous coûtent guère,
Enfants, et qui pourtant vous font plus d'un ami.

FABLE XVIII

Le Soleil

Les rayons du soleil pénètrent en tout lieu ;
Ils remplissent le ciel, ils entrent sous la terre,
Ils sont en France, ils sont en Angleterre.
Tels et plus vifs encor sont les regards de Dieu.
On se cache d'un maître ; on peut tromper les hommes
On ne se cache pas de Dieu. Non, nous ne sommes
Jamais seuls ; même dans la nuit,
L'œil invisible est là, grand ouvert, qui nous suit.

FABLE XIX

L'alouette

Le jour vient de paraître. Ecoutez l'alouette;
Elle monte, elle monte et de sa chansonnette
Va saluer d'abord le soleil dans les cieux;
Ensuite elle revient picorer sur la terre.

Ainsi l'enfant pieux
Commence sa journée en faisant sa prière.

FABLE XX

Les deux Anges gardiens

On prétend que chacun a son Ange gardien,
Moi je n'ai jamais vu le mien;
Disait en se couchant le petit Irénée.
En es-tu sûr? lui dit sa sœur aînée;
Regarde encor, regarde bien,
Ouvre un peu ce rideau.—L'enfant l'ouvre et derrière
Trouve une personne bien chère.
Ah! c'est maman, dit-il, en tombant dans ses bras;
J'ai deux anges gardiens, l'un qu'on n'aperçoit pas
Et l'autre visible : ma mère!

FABLE XXI

Le faux Malade

Aucun vice n'est beau, mais le plus laid de tous
C'est de mentir : menteurs point de pitié pour vous.

    « Quoi ! déjà retourner en classe
    Lire une leçon qui me lasse
    Au lieu de m'amuser ici !
    Je vais user de tromperie... »
    Comme l'enfant parlait ainsi,
    La mère entra : « Mère chérie,
   Si tu savais comme j'ai mal aux dents,
Mal au cœur, mal partout ! Tiens, là, c'est là dedans...
    Holà ! que je suis donc malade ! »
    La mère tout d'abord pâlit :
   « Mon pauvre enfant, il faut te mettre au lit ;
Cela tombe bien mal ; c'est jour de promenade ;
Tes frères vont sortir avec un camarade...
    —Comment donc, maman, c'est jeudi ?
Maman, je me sens mieux, je ne suis plus malade !
—Plus malade ? Ah ! fripon, tu m'avais donc menti ?
Eh bien, moi je m'en tiens à ton premier système :
Au lit, pauvre malade, au lit à l'instant même. »
Et la maman le fit coucher en plein midi.

FABLE XXII

La Huppe

Admirez la touffe brillante,
Que mon front dresse à volonté;
Admirez ma taille élégante,
Mes ailes, ma queue éclatante,
Disait la Huppe un soir d'été.
Oui, lui répondit la Linotte,
Mais tu fais ton nid dans la crotte...
Toi qui nous parles de beauté,
Parle-nous donc de propreté!

FABLE XXIII

Les Oranges

Un jeune enfant dans un tiroir
Mit, au milieu d'oranges fort jolies,
Une orange gâtée. En revenant les voir
Il les trouva toutes pourries.

Jeunes amis, voulez-vous rester bons?
Fuyez, fuyez les mauvais compagnons.

FABLE XXIV

Les Oiseaux (1)

Petit Lili deviendra grand
Pourvu que Dieu lui prête vie ;
Mais l'oublier en attendant
Ce serait tromper son envie

A son père (1) il veut dire aussi
Une fable, vaille que vaille ;
Permettez-lui donc celle-ci,
Simple, courte, faite à sa taille.

Pour chanter, libre de tout soin,
L'oiseau s'éveille avec l'aurore ;
Sur un autre arbre un peu plus loin
Il vole pour chanter encore.

Ainsi, cher père, au jour le jour
Je vis de tes bontés si grandes ;
Que je sois heureux en retour,
C'est tout ce que tu me demandes.

---

(1) Cette pièce et les suivantes, jusqu'à la fin du Livre premier, ont été composées pour être récitées par des enfants, à l'occasion d'une fête ou d'un premier jour l'an.
(1) Ou sa mère, ou grand-père, ou marraine, etc.

Oui, je suis ton petit oiseau ;
Je veux donc que de mon enfance
Chaque jour soit un chant nouveau
D'amour et de reconnaissance.

FABLE XXV

Le Pigeon

Toute chose a sa pente ici bas. La rivière
Descend à l'Océan. L'aigle vole à son aire.
Fallut-il traverser un monde tout entier
Le pigeon exilé revole au colombier.
    Ainsi mon cœur vole à ma mère !

FABLE XXVI

La Poule couveuse

Quoi ! ma poule, vingt jours sans bouger sur tes œufs !
C'est un rude métier que le métier de mère...
— Hélas ! oui, mais l'amour rend ma tâche légère ;
Je songe à mes poussins, rien ne coûte pour eux.
De vos cœurs, chers parents, mon cœur sera l'image ;
Vous êtes toujours bons, je serai toujours sage.

FABLE XXVII

La Primevère

La primevère fleurissait
Au pied d'un vieux rosier qui bourgeonnait à peine.
Modestement elle disait :
On m'admire, on me traite en reine ;
Me prend-on pour la rose ou le lis ? — Non, ma sœur,
Répondit le rosier ; mais de la jeune année
Vous êtes la première née,
De là vous vient votre faveur ;
C'est bien moins pour vous qu'on vous aime
Que pour tant d'autres fleurs que vous nous annoncez.

Papa, toi qui pour moi ne dis jamais assez,
Ce que je t'offre ici n'est rien, rien en soi-même ;
Mais de progrès futurs vois un avant-coureur
Dans ces prémices de mon cœur.

FABLE XXVIII

L'Hirondelle

Dans son nid, sous le toit, la petite hirondelle
Pour fêter et bénir ceux qui s'occupent d'elle
    N'a rien que son gazouillement,
  Mais pour sa mère il est toujours charmant.
    Moi, je suis comme l'hirondelle,
    Je ne sais qu'un seul compliment
Un compliment bien court, toujours le même,
Et le voici : Chers parents, je vous aime !

FABLE XXIX

Le Cerisier

Un cerisier de haie, enfant de la nature,
Donne un tout petit fruit qui n'a que le noyau ;
Arrive un jardinier qui le met en culture,
Taille, fume... le fruit devient un bigarreau.

Ce jardinier c'est toi, bon père;
Le cerisier, ce sera moi, j'espère;
Le fruit, que je veux abondant,
Ce seront des vertus, ce sera la science.
Mais la récolte est loin encore; en attendant,
Un baiser de papa fait prendre patience.

FABLE XXX

Le berceau de verdure

Dans une cour qui n'avait pas d'autre ombre
Que celle d'un if raide et sombre,
La clématite, le houblon,
Le doux pois de senteur et le gai liseron
Grimpaient à qui mieux mieux sur un dôme en treil-
Là leurs tiges s'entrelaçant   [lage.
Et dans tous les coins se glissant
Eurent formé bien vite un berceau de feuillage.
L'if, qui pousse si lentement,
S'étonnait fort de leur empressement :
Eh quoi! leur disait-il, rien qu'en une journée
Vous grandissez autant que moi dans une année!

C'est, lui dit un pois de senteur,
C'est pour couvrir plus tôt et de fleurs et d'ombrage
Celui qui nous planta, qui nous fit ce treillage,
Et payer notre dette à notre bienfaiteur !

Chers parents, je ne sais quand je pourrai vous rendre
Vos soins et vos bienfaits ; car je ne puis prétendre
    A grandir en un tour de main
    Pour avoir mes vingt ans demain.
    Mais je puis grandir en sagesse ;
Je puis vous rendre enfin tendresse pour tendresse,
    Puisque je le puis, je le veux,
Et c'est là, chers parents, le premier de mes vœux.

LIVRE II

———

POUR L'ENFANCE ET L'ADOLESCENCE

———

FABLE Iʳᵉ

La Fourmi et l'Abeille

(A un jeune écolier.)

La Cigale et la Fourmi
Vivent dans votre mémoire; (1)
Ecoutez, mon jeune ami,
La suite de leur histoire.

(1) *La Fontaine*, Livre 1, Fable 1.

Certain faisan ennemi
Vint attaquer la fourmi ;
En moins d'un tiers de journée
Ces greniers si bien construits,
Tous les travaux de l'année
Furent pillés et détruits.
La pauvrette ruinée
A son tour dut emprunter.
Elle s'en vint répéter
A la porte d'une abeille :
Je rendrai, *foi d'animal*
Intérêt et principal.
Connu ! La formule est vieille,
Interrompit notre abeille.
C'est celle dont se servit
La Cigale en sa requête.
La fourmi baissa la tête
Et l'abeille poursuivit :
Qu'est-il besoin qu'on vous prête ?
Eh ! pratiquez la recette
Que vous enseignez si bien.
Vous avez faim ? Ce n'est rien ;
Faites une pirouette,
Dînez d'une mazurka
Et soupez d'une polka.
La fourmi partait, muette ;
L'autre alors, d'un ton plus doux,
La rappela : Calmez-vous ;

Il ne faut pas que j'imite
Ce dont je vous blâme ici ;
Entrez chez moi, ma petite ;
Vous y trouverez aussi
La malheureuse cigale.
Vivez ensemble à loisir :
Tout ce que je vois souffrir
Mérite assistance égale.

FABLE II

Les deux Bruyères et le Gui

Maman, dit un jour à sa mère
Une jeune et simple bruyère,
Regardez donc là-haut ce gui
Perché sur ce pin séculaire ?
Vous êtes grande autant que lui,
Mais que sa place est plus altière !
Voyez, quand je le considère,
Il me faut, quoique grande aussi,
Renverser la tête en arrière.
Ma fille, répondit la mère,
Cette plante ne croît ainsi
Que par une sève étrangère,

Et malheur à qui la nourrit !
De la branche qui l'accueillit
Bientôt elle est la meurtrière.
Nous, mon enfant, restons ici :
Mieux vaut ne pas quitter la terre
Que monter aux dépens d'autrui.

FABLE III

La Vipère et le Berger

Un berger dans l'herbe trouva
Une vipère qui, simplement, se sauva.
Il eut grand peur tout d'abord ; mais ensuite
Notre imprudent se mit à sa poursuite
　　Pour la punir de la frayeur
　　Qu'elle avait bien osé lui faire.
　　Il la cherchait avec fureur ;
Il allait l'écraser enfin ; mais la vipère
Se retourne et le pique. Ah ! malheureux berger !
Il en mourut ; voilà le fruit de la colère,
Voilà ce que l'on gagne à vouloir se venger.

FABLE IV

Jeunes et vieux Arbres

« Je me corrigerai plus tard, j'ai bien le temps,
    Lorsque j'aurai quinze ou vingt ans !
La raison me viendra, ma nourrice l'assure ;
    Mais se corriger maintenant
    C'est difficile et trop gênant ;
    Amusons-nous tant que jeunesse dure !
    Ainsi parlait le petit Ferdinand.
Son père l'entendit ; il ne dit rien sur l'heure ;
    Mais le lendemain le menant
    Dans le verger autour de sa demeure :
    Oh ! dit-il, Ferdinand, vois-tu
    Comme ce pauvre petit frêne
A poussé de travers, comme il devient tortu ?
Redresse-le, mon fils. L'enfant, sans nulle peine,
Redressa l'arbrisseau très-facile à plier.
Bien, dit le père alors ; mais puisque nous y sommes,
Si tu voulais en faire autant pour ce pommier
Fort laid, mais qui bientôt va nous donner des pommes !
    Allons, ne te fais pas prier ;   [qu'importe ?
Le pommier est plus grand que nous deux ; mais
— Eh ! mais, dit Ferdinand, il importe beaucoup.
    Car sa tige est déjà bien forte ;
Néanmoins aidez-moi, nous en viendrons à bout. »

Quand ce fut terminé : maintenant, dit le père,
Passons à ce murier qui penche vers la terre ;
Redressons-le de même, allons ! — Mais, dit l'enfant,
   Papa, celui-là c'est un arbre ;
  Il est rigide et dur comme du marbre
— Tu crois ! — Mais oui, papa, regarde : vainement
Je cherche à le plier ; ma force tout entière
Ne réussit pas même à le faire bouger.   [claire ;
— Sais-tu pourquoi, mon fils ? — Papa, la chose est
  Il est trop vieux ! — C'est vrai, conclut le père,
Oui nous le briserions plutôt que de changer
   La forme qu'il prit avec l'âge.
Comprends-tu maintenant quel serait le danger
   D'attendre pour devenir sage ?
C'est lorsqu'on est enfant qu'il faut se corriger. »

FABLE V

Le Loup qui joue de la musette

La raison du plus fort, dans sa brutalité,
Ne doit pas être et n'est pas toujours la meilleure ;
Je prétends à mon tour le montrer tout à l'heure (1).

(2) *La Fontaine : Le Loup et l'Agneau*, liv. 1, fab. x.

Un gros loup, peu rusé mais plein de vanité,
   Prit un agneau près d'une bergerie.
Le captif humblement lui dit : Je vais mourir ;
   Au moins que Votre Seigneurie.
   Me permette un dernier plaisir !
   Voici par terre une musette ;
Si je savais jouer ! Mais les loups sont instruits ;
De grâce, un petit air, et plus rien ne regrette !
Jouez, je danserai ; pour charmer les ennuis
Rien de tel que les arts. Ce discours qui le flatte
   Plait au loup qui, faisant le beau,
S'assied sur le gazon, prend la flûte en sa patte,
   Approche son grossier museau,
Souffle tant bien que mal, et fait danser l'agneau.
Mais voici qu'attiré par cette mélodie
   Le berger, suivi de son chien,
Fait son entrée au bal et, qui pis est, oublie
   D'en prévenir le musicien.
En avant-deux ! Le loup jette-là sa musette
   Et veut s'esquiver de la fête.
On vous le fit danser de la belle façon
   Et ce ballet de comédie
   Commencé par une chanson
   Finit par une tragédie.

FABLE VI

L'Ours et les Abeilles

Aimez-vous le miel? C'est permis ;
Je l'aime aussi, je vous assure ;
Sucre, gâteaux, miel, confiture
Sont au nombre de mes amis.
Mais si l'on en prend sans mesure,
Sucre, gâteaux, miel, confiture
Deviennent autant d'ennemis ;
Témoin l'ours et son aventure.

Cet ours, jeune et fort sot et très-friand de miel,
Découvrit au creux d'un vieux chêne
Certains rayons, délicieuse aubaine,
Rayons purs et dorés comme rayons du ciel.
En vrai glouton, dans ces tranches vermeilles
Notre ours plongea la patte et le museau ;
Mais à l'instant sur lui sautèrent les abeilles ;
Et bientôt il en eut jusqu'au fond du naseau ;
Il en eut les pleins yeux et les pleines oreilles.
Vous devinez quels affreux grognements
Et d'autre part quels longs bourdonnements.
Mais en vain la bête grognante
S'était mise à se trémousser
Et ne songeait plus qu'à chasser
La sourde tourbe bourdonnante ;

En vain l'ours se frottait, se roulait et ruait ;
 Pour une abeille qu'il tuait
 Il en voyait arriver trente.
Sans un lac dans lequel il courut se plonger
 Et qui força l'essaim de déloger ;
  Il y pouvait perdre la vie.
  Il fit mieux ; ce fût tout profit ;
  Grâce aux réflexions qu'il fit,
Il n'y perdit que sa gloutonnerie.

FABLE VII

La Dînette renversée

  Une fillette gentiment
  Faisait, seule et fort occupée,
  La dînette pour sa poupée.
  Survient son frère étourdîment
  Qui, renversant avec la table
Tout son petit ménage, objet de tant de soins,
 Vous la culbute elle-même et l'accable
  Sous ce désastre épouvantable.
 La fillette irritée (on le serait à moins)
Se relève et du poing veut frapper le coupable

Lorsque la mère accourue au fracas,
Lui dit, en s'efforçant de calmer sa colère :
« Vous devriez, ma fille, embrasser votre frère. »
L'enfant fut stupéfaite ; elle ne comprit pas ;
L'etonnement fit retomber son bras.

 « Oui, répéta la sage mère,
Vous devriez, ma fille, embrasser votre frère.
Il faut le consoler, car il est malheureux ;
 Le chagrin qu'il vient de vous faire
 Le rend tout triste et tout honteux. »
En effet, le bambin, à ce tendre reproche,
 Baissait ses yeux tout prêts à se mouiller
Et sentait dans son cœur le remords s'éveiller.
La jeune sœur aussi s'émeut et se rapproche,
 Puis l'entourant de ses deux petits bras :
« Ce n'est rien, mon ami, va, va, ne pleure pas ;
Tu ne m'as pas fait mal ! » A ces mots le coupable
Dans le sein ne sa sœur se cache en sanglottant.
Pour le faire éclater il n'en fallait pas tant.
 Mais elle aussi pleurait, la fille aimable,
 Et, du coin de son tablier,
Elle essuyait les yeux du jeune inconsolable.
 La mère n'aurait pas pour l'univers entier
 Donné ce spectacle admirable.

 Enfants, si vous avez jamais un ennemi,
C'est ainsi qu'il faudra réprimer son offense ;
 Vous y perdrez une vengeance,
 Vous y gagnerez un ami.

FABLE VIII

Les Sapins

Sous les feux de l'été comme au sein des hivers
  Les sapins restent toujours verts.
Tel est l'homme au cœur pur ; dans la joie ou la peine.
Toujours d'égale humeur; toujours l'âme sereine,

FABLE IX

La Pomme de terre

Hélène, dans un champ déterre
  Une pomme de terre ;
  Elle y porte la dent.

O papa, qu'elle est dure et fade !
  J'en ai le cœur malade,
  Dit-elle en la jetant.

—C'est vrai, dit le père ; mais donne,
    Et nous la rendrons bonne
    En la cuisant au feu.

Ainsi notre âme ingrate et dure
    Transforme sa nature
    Par la grâce de Dieu.

FABLE X

L'Iris et l'Œillet

D'un iris, d'un œillet, Lise orna son corset.
Elle jeta l'iris flétri dès la même heure ;
Mais pour son doux parfum elle garda l'œillet :
Ainsi la beauté passe et la vertu demeure.

FABLE XI

La Vigne et le Vigneron

Le vigneron taillait la vigne.
Coupant, tranchant, jetant branche sur branche à bas,
Il semblait la traiter d'une manière indigne.
Si le cep mutilé ne se défendait pas,
　　C'est qu'il n'avait nul moyen de le faire.
　　　Il protestait à sa manière,
　　　Pleurant, pleurant tant qu'il pouvait ;
　　　Ses larmes coulaient jusqu'à terre :
　　« Homme cruel, que vous ai-je donc fait
　Que mes tourments pour vous ont tant de charmes ?
Vous m'aimez, dites-vous ; vous m'arrachez des larmes !
— Si je ne t'aimais pas, répond le vigneron,
Je t'abandonnerais, sans soin et sans culture,
　　Aux caprices de la nature ;
Mais que deviendrais-tu ? Bien vite un sauvageon.
Non, il faut qu'on t'émonde, il faut qu'on te dirige,
Que ta sève obéisse et par moins de canaux
　Coure et s'épanche en fleurs le long de tes rameaux.
　　　C'est ainsi qu'une jeune tige
　Porte les fruits les meilleurs, les plus beaux.
Tu me remercîras quelque jour de ma peine. »

La vigne, c'est vous, mes enfants,
Aimez la règle qui vous gêne :
Aimez vos maîtres, vos parents
Jusqu'en leur sévérité même ;
Car, si l'on vous corrige, enfants, c'est qu'on vous aime.

FABLE XII

Le Secret

« Maman, disait tout bas la petite Palmyre,
    Maman, je ne veux pas te dire
Qu'on te fait un bouquet ; c'est ta fête, vois-tu.
Ma sœur vient d'achever ta seconde manchette,
    Et moi j'apprends une fable en cachette ;
Car je n'en parle pas : on me l'a défendu. »
La mère, qui ne put s'empêcher de sourire,
    Prit Palmyre sur ses genoux :
« Une fable, c'est bien ; mais écoute, entre nous :
    Tâche d'apprendre un autre fois, Palmyre,
    Quelque chose qui me plairait
Bien plus encor. — Quoi donc ? — A garder un secret. »

FABLE XIII

La petite Coquette

Lise avait un défaut : vaniteuse et coquette,
Surtout quand, le dimanche, elle était en toilette.
    Lise faisait, se croyant seule, un soir,
        La révérence à son miroir :
« Admirez ! » pensait-elle, et ses yeux, son sourire,
        Tout en elle semblait le dire.
    Sa mère l'aperçut ; elle vint déposer
           Un baiser
Sur le fichu, la robe et le manteau de Lise ;
Puis s'éloigna. L'enfant, s'élançant sur ses pas,
    Lui demanda toute surprise :
  « Et moi, maman, ne m'embrassez-vous pas ?
     —Pardon, lui répondit la mère,
    Je viens d'embrasser ton fichu.
—Mon fichu n'est pas moi, maman !— Bien répondu ;
Mais, Lise, alors pourquoi t'en montres-tu si fière ? »
    Lise balbutia, baissant des yeux confus.
Sous ses lèvres enfin pressant sa blonde tête,
La mère poursuivit : L'orgueil pour ta toilette
    A qui convient-il ? Tout au plus
    A la tailleuse qui t'habille.

. Sois belle de talents, sois belle de vertus :
    Voilà des atours, ô ma fille,
Qui te feront honneur auprès de moi ;
    Car ceux-là seront bien à toi.

FABLE XIV

Le Soulier et la Savate

Petit soulier mignon, neuf, à pointe brodée,
Raillait une savate informe et démodée.
    L'autre lui répondit : Tais-toi,
Car tu seras un jour savate comme moi.

    Enfants, respectez la vieillesse ;
Vous n'aurez pas toujours cette fleur de jeunesse !
Sur la scène du monde où vous apparaissez
Saluez, en entrant, ceux que vous remplacez.

FABLE XV

Le Hanneton

Hanneton, vole, vole, vole,
Hanneton, vole, vole donc !
Ainsi criait, en allant à l'école
Un étourdi petit garçon
Qui, par un bout de fil, tenait un hanneton.
Il le lançait en l'air ; puis, quand la bestiole
Se croyait libre et s'envolait gaîment,
Il la ramenait brusquement.
Vinrent d'autres enfants ; tourment nouveau pour elle.
Un hanneton, oh ! quel bonheur !
A nous le hanneton ! On l'arrache au porteur,
L'un lui tire un pied, l'autre une aile,
Et la bande de rire et de chanter en chœur :
Hanneton, vole, vole, vole !
Mais loin de s'envoler, immobile et perclus
L'insecte était par terre et ne remuait plus,
Et les enfants, toujours répétant : vole, vole !
S'acharnaient après lui, le piquant, le poussant...
Quand parut le maître d'école :
Noble plaisir, dit-il, sur ma parole,
Que de faire souffrir un insecte innocent !

Les marmots gardaient le silence.
Vous êtes des tyrans, reprit l'instituteur,
Car, vous le savez bien, cet être est sans défense,
Et comme vous pourtant il ressent la douleur !
Je suis plus fort que vous, moi ! Petits misérables,
Et si je vous coupais, une jambe, une main ?...
Non, pour les animaux lorsqu'on est inhumain
On n'est pas loin de l'être aussi pour ses semblables.

FABLE XVI

Les Diamants

Un diamant raboteux
Se plaignait que ses confrères
Seuls attirassent les yeux :
« Je suis plus gros, plus lourd qu'eux,
Même un connaisseur naguères
A juré que j'en vaux deux.
Comment donc se peut-il faire
Qu'on les proclame jolis
Et moi pas ? » Le lapidaire
Lui dit : « on les a polis. »

Enfants, en vain la nature
De ses dons vous a pourvus ;
Que seriez-vous sans culture ?
De pauvres diamants bruts.

FABLE XVII

Le Poulain et les Mouches

Un poulain, comme un prince escorté de flatteurs,
Marchait, environné d'un tourbillon de mouches,
Et disait, en prenant des airs triomphateurs :
Ces insectes parfois timides et farouches
Je les fascine, moi ; leurs essaims bourdonnants
M'accompagnent partout, me font de la musique
Et, pour mieux m'approcher, se collent à mes flancs.
Un vieux cheval lui dit : Amitié de moustique !
Ils s'attachent à nous pour vivre à nos dépens.

FABLE XVIII

Le Renard et les Poulets

« Petits poulets, venez à moi !
Criait d'une voix famélique
Un vieux renard paralytique ;
Fiez-vous à ma bonne foi ;
Lorsque sur mon cœur je vous presse
Mon cœur déborde de tendresse ;

Petits poulets, venez à moi.
Je vous aime, je vous préfère
A tous les trésors de la terre ;
Aimer les poulets, c'est ma loi.
Je vous donnerai la science,
Le bonheur et l'indépendance ;
Petits poulets, venez à moi ! »
Les poulets accouraient en foule.
— Arrêtez, dit la mère poule ;
Il vous aime pour vous manger ;
Enfants, gardez-vous de bouger !
La bande alors tremble et recule.
— Cette frayeur est ridicule
Comment donc ? s'écrie un poulet,
Chacun a l'air de ce qu'il est !
Moi, l'on ne me fera point croire
Qu'un animal aux yeux si doux,
Au parler si tendre pour nous
Puisse avoir une âme aussi noire ;
Donc, vers lui je porte mes pas. »
Il partit, mais ne revint pas.

Que de renards, menteurs infâmes,
Tendent des piéges à nos âmes ?
Renards nos folles passions ;
Renard le démon hypocrite
Qui vient, dans nos tentations,
Nous flatter pour nous perdre ensuite.

FABLE XIX

Le Nez et les Lunettes

On m'a conté que le nez se lassa
    De servir de siége aux lunettes.
« C'est pour les yeux que ces dames sont faites ;
Je n'en veux plus ! » Il dit et les laissa
    Glisser et se briser par terre.
Tout fin qu'il est, il ne se doutait pas
Qu'on a besoin l'un de l'autre ici-bas ;
Mais il l'apprit dans cette sotte affaire.
    Les yeux, guide autrefois si sûr,
Le menèrent tout droit s'aplatir contre un mur.

FABLE XX

Comment il faut aimer Dieu

Aux eaux d'Uriage naguère,
(Ni le fait ni le nom je n'ai rien inventé),
    Une jeune dame, une mère,
Respirait l'air des champs par un beau soir d'été.

A ses côtés trottait sa fille,
Toute petite encor, mais déjà fort gentille,
    Et qu'elle tenait par la main.
Un banc de mousse verte, au détour du chemin,
Les invite à s'asseoir et la mère y prend place.
    « Moi, maman, je ne suis pas lasse !
Dit l'enfant, qui voyait un caillou bien poli,
Et qui déjà, sautant, se baisse et le ramasse.
Maman, maman, vois donc ! Oh ! comme il est joli. »
Elle en cherchait un autre ; un papillon qui passe
    Lui fait oublier les cailloux,
   Et voltigeant l'entraîne sur sa trace
Au bord d'un petit bois au gazon frais et doux,
   Où l'insecte à son tour est oublié bien vite
   Pour l'orchis diapré, la blanche marguerite,
    Et les clochettes du muguet.
L'inconstante déjà tenait un gros bouquet
Lorsque, par un élan de tendresse naïve,
La voilà qui revient, les bras tendus, hâtive
Vers la mère qui tremble en songeant aux faux pas
    Et qui la reçoit dans ses bras.
    « Que je t'aime, petite mère !
Je t'aime grand, vois-tu, tu ne sais pas,
Grand comme ces maisons et ces chemins de pierre
Et puis tous ces grands bois des montagnes là-bas ! »
L'enfant en même temps, de ses mains étendues,
Semblait vouloir couvrir tous les lieux d'alentour,
La mère la pressait sous ses lèvres émues.
   « Mais si pour moi ton cœur a tant d'amour,

Ton jeune cœur, enfant, lui si petit encore,
Il n'y restera plus de place pour papa,
  Ce pauvre papa qui t'adore! »
Elle crut l'étonner, mais elle se trompa.
  « Oh ! dit l'enfant, papa, je l'aime
  Grand comme les montagnes même! »
  Et ses mains montraient vers les cieux
Les Alpes qu'on voyait, par-dessus les nuages,
  Etaler leurs masses sauvages
  A la clarté d'un soleil radieux.
La mère triomphait de l'esprit de sa fille ;
Elle voulut pourtant l'éprouver jusqu'au bout :
  « Mais, chère enfant, ce n'est pas tout ;
Il est là-haut encore un père de famille :
C'est le bon Dieu, tu sais, par qui le soleil brille,
Qui fit ton petit corps et le développa ;
Et Dieu doit être aimé de tous tant que nous sommes,
Plus que notre maman, plus que notre papa :
Dieu, le maître commun et des champs et des hommes!
  Eh bien ! chère petite, toi,
Toi dont l'affection est pour moi si complète,
Combien grand vas-tu donc aimer Dieu? Réponds-moi.»
L'enfant restait confuse, interdite et muette;
  Mais relevant sa blonde tête :
  « Dieu, dit-elle, d'un ton où son âme parlait,
  Dieu, je l'aime grand comme il est! »

Ce simple mot tira des larmes à la mère,
Et moi j'en ai senti monter à ma paupière
   Quand il me fut conté par un ami ;
Car devant cette enfant de quatre ans et demi
   Un philosophe, un Père de l'Eglise
   Eut, à genoux, courbé sa tête grise.

LIVRE III

POUR L'ADOLESCENCE ET LA JEUNESSE

FABLE Ire

L'Écureuil et le Renard

Le nez au vent, l'œil vif, l'oreille et la queue hautes,
Un écureuil jouait sur un antique ormeau
Dont ses premiers aïeux avaient été les hôtes.
C'était plaisir de voir le quadrupède oiseau
    Courir, sauter, voler de place en place,
Puis s'asseoir, pour polir le bout de son museau
    Qu'il caressait d'un geste plein de grâce ;

Puis grimper au plus haut, puis soudain s'élancer,
Retomber sur sa queue, et, pendu par la patte,
    D'ici, de là se balancer.
Un renard l'aperçut et vite d'avancer.
Oh! se disait tout bas la bête scélérate,
Tout en poussant vers lui des soupirs dont l'objet
N'était pas, selon moi, sa charmante figure,
    Oh! si la patte te manquait!
Mais la patte jouait toujours adroite et sûre,
    Et le jeu semblait de nature
    A fatiguer le spectateur.
  Le galant crut devoir se faire acteur,
    Pour mettre fin à l'aventure.
Il se découvre donc, et d'un air ébahi :
Eh! c'est vous! quel bonheur de vous voir aujourd'hui!
Le ciel à qui je viens de faire ma prière
Ne pouvait offrir mieux à mon œil ébloui.
  Quels pieds mignons! quelle course légère!
Vous portez dignement le beau nom d'écureuil.
Pourtant, pardonnez-moi, Je suis franc : votre père
  (Veuille le ciel avoir ce cher confrère
Qu'ont pleuré nos forêts, dont il était l'orgueil!)
Votre père faisait mieux qu'on ne vous voit faire.
Voyez-vous ce gros pin? sans peine il y sautait.
A ces mots, l'écureuil, comme un sot qu'il était,
Prend son élan, bondit, zest... et change de gîte.
Bravo! dit le renard, mais il sautait ensuite

Sur le grand sapin que voilà.

Le saut était plus fort, cependant on sauta,

  Et le héros se dressant dans sa gloire,

    Parut cambré sur le sapin,

    Comme un triomphateur romain

    Debout sur son char de victoire.

— De mieux en mieux, mon brave! allons plus qu'un

Et vous nous consolez de votre père mort!   [effort

Il vous coûtera peu d'aller sur cet érable :

Ce n'est qu'un saut de plus. » Cette fois l'écureuil,

Sans bouger, mesurait la distance de l'œil :

    Elle lui semblait effroyable.

« Eh quoi! vous hésitez! criait le séducteur;

Je commence à penser que vous manquez de cœur;

— Non, je n'en manque point! » Et zest... le pauvre

Tombe; sur lui s'abat la griffe impitoyable   [diable

Du renard, qui lui dit : « De plus rusés que toi

Se sont pris aux appas d'un compliment perfide;

Allons, mon bon sauteur, viens apprendre chez moi

Où la vanité peut mener ceux qu'elle guide.

FABLE II

La Sangsue

Je vous ai sauvé du trépas ;
Ne me remercîrez-vous pas ?
Dit au malade la sangsue.
— Non, car vous n'aviez pas en vue
Ma santé, mais un bon repas.
Vous l'avez fait : nous sommes quittes.

Le bien, le mal d'une action
Ne dépendent point de ses suites
Mais de la seule intention.

FABLE III

Les Epis

L'été régnait. Déjà les moissons ondoyantes
Se déployaient au loin en vagues jaunissantes.
Un épi, dans les airs avec grâce élancé,
Sur les autres épis dressait sa tête altière.

Là, par les zéphirs caressé
Et sur sa tige d'or mollement balancé,
Du haut de sa grandeur majestueuse et fière
Il toisait ses voisins inclinés vers la terre.
Oui, lui dit un d'entre eux choqué de ses dédains,
Tandis que nous plions sous le poids de nos grains,
Levez, levez bien haut votre tête splendide;
 Vous le pouvez : vous n'avez rien dedans.

 Ainsi dans une tête vide
 La vanité se logea de tout temps.

FABLE IV

L'Ecolier et le Libre-Penseur

Dieu, Dieu seul est partout, dans l'espace et les âges;
Il remplit à la fois et contient ses ouvrages.

 Un écolier faisait tout bas
 Sa prière avant le repas.
 Un voisin se permit d'en rire :
Mon enfant, mange et bois, mais Dieu ne n'entend pas.
Où donc est-il ton Dieu? Si tu peux me le dire,
 Je te donne cet ananas...
— Moi, répliqua l'enfant avec un fin sourire,
Je vous en donne cent si pouvez me dire
 Où Dieu n'est pas.

FABLE V

L'Enfant et l'Echo

Fanfan, l'ingénuité même,
Entendant un écho pour la première fois,
Le prit pour un enfant criant du fond d'un bois.
Aussitôt de le voir son désir fut extrême :
« Qui donc es-tu ? » L'écho l'interrogé de même.
« C'est moi, répond Fanfan.—C'est moi, redit la voix.»
    Et le dialogue s'engage :
—Viens ici.—Viens ici.—Nous joûrons.—Nous joûrons.
Sot ! — Sot ! —Attends ! — Attends ! — Nous verrons ! —
                     [Nous verrons.
Et Fanfan, dépité, de fouiller le bocage,
Criant tout ce qu'il sait des gros mots de son âge.
L'écho, sans s'émouvoir, comme on le pense bien,
Lui renvoyait le tout du ton le plus sonore.
L'enfant entend, regarde, entend, regarde encore ;
    Et que voit-il ? Il ne voit rien.
Il distingue en courant un pas semblable au sien ;
  Il se tourne, il cherche, il se baisse :
    Et que trouve-t-il ? Encor rien.
  Il se relève et sur ses pieds se dresse :
    Rien, rien toujours, et toujours rien.
Enfin, n'en pouvant plus, essoufflé, tout en nage,
Il appelle sa mère, et, trépignant de rage,

Lui raconte comment un sot petit garçon
S'est, pour l'injurier, caché dans un buisson.
Ce sot petit garçon, lui répondit la mère,
C'est toi, mon fils, oui, toi ; je te suivais des yeux ;
Tu dictais à l'écho des mots injurieux.
N'accuse donc que toi de ta grande colère :
  Pourquoi n'as-tu pas parlé mieux ?
Va maintenant, dis-lui des paroles aimables,
Tu l'entendras soudain t'en dire de semblables ;
Mais de cette leçon ne sois point oublieux :
Lorsque nous nous plaignons des procédés des autres,
Ils ne sont trop souvent que les échos des nôtres.

FABLE VI

L'Ecrevisse et le Renard

Les animaux, dit-on, comme nous, même mieux,
Des fables du Bonhomme (1) ont gardé la mémoire ;
  Je le crois bien : ces récits précieux,
  C'est leur grand livre, leur histoire.
Un soir, à la veillée, un renard racontait
Le Lièvre et la Tortue (2), et le drôle ajoutait.

(1) *Le Bonhomme.* C'est ainsi que ses contemporains appelaient La Fontaine.
(2) *La Fontaine*, livre VI, fable X.

Avec force lazzis qui faisaient beaucoup rire :
Ce lièvre, en résumé, c'était un pauvre sire :
   Bon pied, bon œil, mais cervelle en retard.
   Ah ! ce n'est pas capitaine renard
   Qu'on eût berné dans un semblable rôle !
    L'écrevisse prit la parole :
    Or sus, capitaine renard,
Renard, le beau conteur voudrait-il par hasard
Tenir même pari ?— C'est selon, ma commère ;
Contre qui le tenir ? — Contre moi ! — Contre vous ?
Vous l'écrevisse ! — Eh oui, moi-même. Devant tous
   Je vous défie à la course, compère.
Je parle pour de bon et voici mon enjeu.
— Mais, pauvrette, j'aurais honte de ma victoire !
— Ayez honte plutôt de reculer au jeu !
— Eh bien, j'accepte. A quand ce triomphe sans gloire ?
— A demain, sans délai. — Soit, à demain, c'est dit.

   On pense bien que la gent animale
   Sur le terrain de la lutte inégale
   Le lendemain en foule se rendit.
Le champ fut mesuré d'une manière exacte
Et des conditions un chat griffonna l'acte ;
Puis chacun fit silence au signal du départ.
   En ce moment la friponne écrevisse
Derrière son rival, adroitement se glisse,
Se cramponne à sa queue... et voilà le renard
Qui part des quatre pieds sans le moindre retard.

Mais lorsqu'il fut au bout de la carrière,
Trop sûr de le vaincre, il cède à la démangeaison
De placer un bon mot, bon mot hors de saison ;
   Il se retourne et regarde en arrière.
     Fine écrevisse, à petits pas
Descend de sa monture et met sa longue pince
Droit sur le but, pendant qu'il s'exclame : Eh là-bas !
Où donc est ma vaillante ? On ne l'aperçoit pas.
Reposez-vous, ma mie, allons, je suis bon prince !
Me voici, dit la dame; et sans trop me lasser,
     Toute prête à recommencer.
     Payez, payez, mon capitaine !
Il voulut contester ; il dit ceci, cela ;
(Jamais sans contester un renard ne solda ;)
     Mais son éloquence fut vaine,
L'assemblée en riant convint qu'il avait tort,
Et que le plus adroit souvent bat le plus fort.

FABLE VII

Les deux Moutons

Noireau, Blanc-blanc étaient les noms
De deux charmants petits moutons.
N'approchez pas de la rivière,
Leur disait la brebis leur mère

Vous pourriez glisser sur le bord !
Noireau, Blanc-blanc obéirent d'abord ;
Puis, étant seuls, ils eurent trop d'audace
Et firent le plongeon, sans que nul les retînt.
Vous vous seriez noyés, mes enfants, à leur place ;
Mais tous les animaux savent nager d'instinct.
Noireau, Blanc-blanc sortirent, non sans peine,
Et trempés jusqu'aux os sous leur épaisse laine
     Qui d'une éponge fit l'effet.
Les voilà ruisselants ; le froid les saisissait ;
Que devenir ? Blanc-blanc eut le plus de courage ;
Il rentre au bercail et, plein de confusion :
« Maman, dit-il, maman, je n'ai pas été sage ! »
Et la mère, au soleil, réchauffant sa toison,
Le ranima ; Blanc-blanc de l'accident fut quitte
Pour un sermon bénin, plus un rhume sans suite.
Noireau, que ce jour-là personne ne revit,
Obéit au contraire à la mauvaise honte ;
Il s'enfuit dans les bois ; la fièvre l'y suivit,
Et sa mort fut hélas ! cruelle autant que prompte.

L'humble aveu d'une faute en obtient le pardon,
Comme l'aveu d'un mal obtient la guérison ;
Tandis qu'en le cachant, bien souvent le coupable
    Rend son malheur irréparable.

FABLE VIII

L'Ecureuil et ses amis

Certain écureuil charitable,
　Moins prévoyant que généreux,
　Passait ses jours à faire des heureux.
　Rats et souris s'asseyaient à sa table
Et là, rongeant ses noix, les joyeux commensaux,
　Vantaient et leur reconnaissance
　Et le traiteur et les morceaux.
　Mais l'homme un jour vint troubler la bombance ;
　Ce tyran qui n'épargne rien
Déracina le pin qui servait de soutien
　A l'hospitalière demeure.
L'écureuil, ruiné, courut à ses amis
Et crut tout naturel de transporter sur l'heure
　Ses pénates à leur logis.
　Hélas ! combien il fut surpris
　De trouver partout porte close !
　On vous le consola très-fort,
　Mais pour l'aider, pas l'ombre d'un effort ;
　Il s'agissait bien d'autre chose !
L'un disait : Je vous plains, car vous méritiez mieux ;
Un autre : Puissiez-vous être assisté des cieux !

Un troisième : Ce m'est une peine cruelle
 De ne pouvoir vous héberger;
Mais tout est plein chez moi : j'ai famille nouvelle!
Elle m'attend, adieu, je lui porte à manger.

 Faire le bien pour la reconnaissance,
Temps perdu! Cherchons-en plus haut la récompense.

FABLE IX

Le Lis

 Un jeune lis, de robuste croissance,
Promettait une fleur d'une rare élégance.
 L'homme heureux qui l'avait planté
 Se demandait, palpitant d'espérance,
S'il l'enverrait chercher le prix de la beauté
A l'exposition des fleurs dans la cité,
Ou mieux s'il l'offrirait à l'autel de Marie.
Déjà le blanc bouton s'ouvrait, timide encor,
Et la jeune étamine, avec son marteau d'or,
L'écartait doucement... Soudain la fleur chérie
Sous l'œil du jardinier, ô surprise, ô douleur!
 S'incline et s'affaisse flétrie...
On cherche : dans son bulbe on trouve un ver rongeur.

Jeunes gens, prenez garde au vice;
Lorsque dans une âme il se glisse,
    Beauté, santé, tout se corrompt
Et les hontes du cœur s'impriment sur le front.

FABLE X

Les deux Mouches

Un bol de lait sucré versa sur une table.
Cela formait un lac délectable et charmant.
Une mouche, matrone âgée et respectable,
Se promenait au bord philosophiquement.
    Elle buvait avec prudence
Du bout de son suçoir, mais du bout seulement,
    Et par toute sa contenance
    Exprimait son ravissement.
    Elle saluait de la tête,
Faisait le tour du lac, pour humer s'arrêtait,
  Puis allongeant ses pattes, la coquette
    L'une sur l'autre les frottait
    Et, pour complément de toilette,
    Sur l'occiput se les coulait.
Survient une autre mouche à plein vol qui se jette,
    Tête baissée, au beau milieu du lait.

« Que je vous plains, ma sœur! s'écria la première.
—Me plaindre? Pour le coup vous êtes singulière.
Sur mon chemin je trouve le plaisir
    Et m'empresse de le saisir.
Je bois pour vous : Que cela vous console! »
    Ce disant, elle se gonflait
Et souhaitait d'avoir, pour mieux sentir le lait,
Le gosier long d'une aune. Enfin la jeune folle
       Songe à partir.
    Hélas! ses pattes engluées
Sont prises dans le lait; ses ailes polluées
 Se collent à son corps et ne peuvent s'ouvrir.
    Elle s'écrie : O volupté perfide,
      Tu m'as trompée, il faut périr!
Et l'imprudente alors sur sa tombe liquide
Cesse de se débattre et s'étend pour mourir.

    A la place de l'autre mouche
   Plus d'un témoin, rigoriste farouche,
Se fût contenté d'un : « Je vous l'avais bien dit! »
Mais elle : Ce n'est plus de gronder qu'il s'agit,
Non, à l'œuvre! A ces mots, planant sur la victime :
« Eh quoi! vous vous livrez sans lutter à l'abîme! »
    L'autre se ranime à sa voix.
« Ma sœur, c'est par ici qu'est le plus près rivage,
Reprend-elle; tournez et nagez! Je le vois,
Vous avancez.—Vraiment j'avance?—Eh oui, courage .
— Cessez de boire, au moins. — Je le voudrais, mais
Fatalité! je bois encore et malgré moi!   [quoi!

—Alors n'y pensez pas; tenez haut votre tête
Et ferme des six pieds ensemble! Bon! voici
Une bonne poussée; une autre par ici !
Du calme, hâtez-vous lentement! » La pauvrette,
    Soutenue et guidée ainsi,
Allait tout doucement, ne remuant qu'à peine.
Une miette de pain sous ses pieds se trouva :
Ce lui fut comme une île; on y reprit haleine
Et vers le bout du lac enfin on arriva.
   Mais quel labeur pour en franchir la rive !
Lorsqu'elle se jetait en avant, la captive
    Ne parvenait qu'à reculer les bords.
    Une liquide et pesante traînée
   Marqua bien loin sa trace infortunée.
     Tant suintait son pauvre corps !
    La mort paraissait la poursuivre
Et le lac acharné s'allonger pour la suivre.

Sa compagne au soleil la poussa, la traîna,
Lui décolla les pieds, lui déploya les ailes,
    Et la tourna, la retourna.
« Chauffez bien ce cou raide et ces membres rebelles,
    Le soleil vous rétablira;
Puis rendez grâce au ciel, pauvre sœur fourvoyée.
— Je me sens déjà mieux, répondit la noyée.
Merci, ma tendre sœur. Mon malheur m'apprendra
A craindre du plaisir l'amorce séductrice.

—Qu'il vous apprenne aussi, dit la libératrice,
    A ne jamais désespérer.
Si bas qu'on soit tombé dans la fange ou le vice,
Tant qu'un souffle nous reste, on peut s'en retirer.

FABLE XI

Les deux Sœurs

Un jour Emma, la petite étourdie,
Dit à sa grande sœur, la charmante Elodie :
  « Sans qu'il te fût possible de me voir,
  Ma sœur, je t'ai plusieurs fois observée
    Dans ta chambre, et je t'ai trouvée
    Toujours assise à ton devoir,
    Toujours modeste et réservée.
Tu te croyais pourtant toute seule en ce lieu...
  — Ma chère Emma, ne sois pas étonnée,
    Lui répondit la sœur aînée :
C'est que je vis toujours sous le regard de Dieu! »

FABLE XII

L'Ane, le Bœuf et les Ailes du moulin

L'âne et le bœuf, levant la tête,
Considéraient les ailes du moulin,
    L'âne disait d'un air malin :
    Faut-il que le meunier soit bête
De les laisser ainsi se poursuivre toujours
Sans s'atteindre jamais ! Car pourquoi tous ces tours ?
C'est en dedans des murs que se fait la farine ;
    Or, cette vaste et grotesque machine
        Tourne tout entière au dehors ;
    Je ne vois donc nullement quels rapports...
—Moi non plus, dit le bœuf, et bien d'autres peut-être ;
Mais, trop subtil grison, qu'importe ? Notre Maître
    Qui les gouverne et qui les fit
De ces ailes connaît le but ; cela suffit.
J'ai ruminé, j'ai vu que je ne saurais être,
    Moi, simple bœuf, son égal par l'esprit ;
Quand je ne comprends pas, je n'ai qu'à me soumettre.

L'âne sur le mystère à discuter se plaît ;
    Le sage s'incline et se tait.

FABLE XIII

Le Pin résineux

Un grand pin résineux, sous son feuillage sombre
Reçut l'homme venu pour le percer au cœur
    Et lui dérober sa liqueur.
L'homme réfléchissait, étendu sous son ombre :
Voilà bien, pensait-il, l'arbre du vrai chrétien !
Pour le mal qu'on lui fait il sait rendre le bien.

FABLE XIV

La Violette, l'Anémone et l'Ortie

Du don de converser, les plantes ont joui ;
Il ne se disait pas plus de riens qu'aujourd'hui.
Heureux temps ! Il n'est plus, au grand regret des
    Et des maris ; car parmi les parleurs   [dames
      On compte aussi de bonnes lames
Et j'en connais à qui jaser avec les fleurs   [femmes.
Ferait autant de bien, pour le moins, qu'à leurs

Que Dieu les dédommage et leur donne de quoi
Exercer, s'il se peut, leur talent loin de moi !
Mais c'est moi qui bientôt ne saurai plus me taire,
Tant l'homme est babillard ! Prenons dans mon par-
   Quelque orateur qui me remplacera,   [terre
Et vous verrez que nul ne s'en plaindra.

   Non, disait à la violette
   Une anémone fort coquette,
   Ma sœur, je ne vous comprends pas.
   Que sert-il donc d'être jolie
   Si l'on va s'enterrer si bas,
   Juste sous une affreuse ortie !
   — Je n'ai pas de fausse fierté,
   Répond l'autre avec modestie,
   Et je sais que la charité
   Défend qu'on méprise personne.
   Puis, si faible qu'il soit, toujours
   Un ami peut être un secours.
   — Chansons ! réplique l'anémone,
   Faisons valoir notre beauté ;
   Tout le reste n'est que sornette.
   Ainsi donc, je vous le repète,
   Cette indigne société
   Et me choque et vous déshonore...
   Elle n'était point prête encore
   A mettre fin à son caquet,
   Quand survint la jeune Colette
   Qui faisait son petit bouquet.
   Colette vit la violette ;

Elle y voulut porter la main,
Mais elle s'arrêta soudain :
L'ortie, en brave sentinelle,
S'était dressée au devant d'elle.
Pour l'autre fleur qui s'en moquait
Elle périt dans le bouquet.

FABLE XV

Le Singe faiseur de grimaces

Certain singe, très-fort dans l'art de la grimace,
Derrière les bossus haussait le dos comme eux,
    Boîtait derrière les boîteux.
    Puis leur tirait la langue en face ;
Et si quelqu'un louchait, vite notre Paillasse
Venait le regarder avec des yeux tournés
    Accompagnés d'un pied de nez.
Montrez-moi, disait-il, quelqu'un que je n'imite !
C'est vrai, lui dit un chien, honneur à ton mérite !
Mais, mon pauvre Paillasse, avant de t'en vanter,
Montre-moi donc quelqu'un qui te veuille imiter !

FABLE XVI

Le Berger menteur

Au loup ! au loup ! Ce cri retentit un beau jour
    Dans une paisible vallée
Que deux lignes de bois bordaient comme une allée.
    Tous les paysans d'alentour
    Prenant à la hâte pour armes
Ce qu'ils trouvent : bâtons, faulx, fourches, échalas,
Accourent vers l'endroit d'où part ce cri d'alarmes.
Là paraît à leurs yeux le gros berger Colas
Mollement étendu sur le bord de la route,
    Auprès de son troupeau qui broute
Et répétant encore à plein gosier : Au loup !
Pour se désennuyer, Colas, riant sous cape,
Avait trouvé charmant de leur faire une attrape.
Quand il vit tant de gens arriver coup sur coup,
Tous armés, il eut peur ; il se lève et s'échappe.
    Les autres, au bout d'un moment,
Renonçant à saisir le mauvais garnement,
    S'en retournent à leur ouvrage.

Bientôt le même cri troubla le voisinage ;
Au loup ! répète encor Colas ; mais cette fois
L'angoisse et la terreur se peignaient dans sa voix.
Le loup, c'est lui, dirent les gens ; courage !

Tu peux crier autant que tu voudras,
On ne nous y prend plus, gros farceur de Colas...
Cependant, ajouta quelqu'un, le jeune drôle
    A fait des progrès dans son rôle
Et, si l'on ne savait qu'il s'amuse, on croirait
    Qu'il livre en ce moment bataille
    Au plus grop loup de la forêt.
Mais de fait un vrai loup, un loup de forte taille
Ravageait le troupeau; Colas ne riait plus.
Colas eut les deux bras horriblement mordus
Et perdit deux moutons; il n'osait plus paraître
J'ai bien crié, dit-il; personne n'est venu!
N'en accuse que toi, lui répliqua son maître;
Même quand il dit vrai le menteur n'est pas cru.

FABLE XVII

L'Ombre

Lorsqu'un objet bas, écarté,
Est éclairé, dans la nuit sombre,
Par une lointaine clarté,
Le prolongement de son ombre

Frappe les yeux d'étonnement.
Mais qu'on rapproche la lumière,
Qu'on la porte résolûment
Sur l'objet même qu'elle éclaire :
L'ombre s'efface, se resserre,
Et disparaît en un moment.

Vains sophistes, quelle est cette ombre ?
C'est la juste image, pour moi,
Des contradictions sans, nombre
Que vous croyez voir dans la foi.

FABLE XVIII

Les Etoiles

Le Soleil se levait pour monter dans les cieux.
Nous allons avec toi, lui dirent les étoiles ;
Non, restez, répondit le géant radieux.
Restez, car avec moi plus d'ombres, plus de voiles,
    Je brûlerais vos petits yeux !
Les étoiles pourtant avec lui s'élancèrent :
    Elles pâlirent, s'effacèrent
    Et s'éteignirent dans ses feux.

Mais d'autres étoiles plus sages
S'adressant à la Lune : O notre grande sœur !
Toi qui trônes sur les nuages,
Nous allons avec toi ; tes yeux pleins de douceur
Epargneront nos yeux ! — Venez, répondit-elle ;
Et la Lune entraînant ce cortège fidèle,
Souriait à leur tête et paisible, sans bruit,
Les guidait à traversla nuit.

FABLE XIX

Le Rat et ses Enfants

Dans un canton stérile, un jour un rat des champs
Assembla sa nichée et dit : « Mes chers enfants,
Je vous aime, et pourtant il faut bien vous le dire,
Je suis pauvre : mon bien ne peut plus vous suffire.
Ah ! ce n'est pas pour nous que s'élèvent nos fils !
Dès qu'ils sont un peu grands, adieu ! leur pauvre père
Doit les chasser lui-même du pays.
Vous allez donc partir ; je cède à la misère.
Mais il le faut ; l'homme en fait bien autant
Pour ses enfants dans certaines montagnes...
Leur nom m'échappe en cet instant (1).
Vous ne me verrez plus à travers les campagnes

1. Sans doute la Savoie.

Marcher à votre tête et diriger vos pas.
Mais puissent mes avis être avec vous sans cesse
    Et, quoiqu'absent, je ne vous quitte pas !
Enfants, régler ses goûts et choisir ses repas,
Voilà pour un raton la suprême sagesse.
Nous naissons tous gourmands, c'est un arrêt du sort ;
Arrêt fatal ! Les chats (que le ciel les confonde !)
    Bien moins que lui nous enlèvent de monde.
Craignez lard et jambons, ils nous cachent la mort ;
Croyez en mes poils gris ! » Alors pour héritage
        Et provision de voyage
    Chacun reçoit un morceau de fromage ;
Puis, bénis par le père, on s'embrasse et l'on part.
On part et, si longtemps qu'il le peut, du regard
    Le bon vieux rat les accompagne.
Mais à peine nos gens sont-ils dans la campagne :
« Ciel, que le monde est grand ! Qu'est ceci ? Qu'est
Des gouffres par ici, des montagnes par là...   [cela ?
D'honneur, il n'est pas vrai que la terre soit ronde.
Voilà comme on s'instruit en voyage ! Et papa
Qui prétendait qu'on peut faire le tour du monde ;
    Il n'avait jamais vu cette onde...
Mais quel objet nouveau s'offre à notre regard ?
Le beau petit palais ! et cela sent le lard...
Lardon, gentil lardon, viens dans la gibecière !
        Or c'était une souricière
    Que nos ratons venaient de découvrir ;
    Et tous ensemble, au grand trot d'accourir...

Hélas! je n'ai pas le courage
De vous en dire davantage.
Je n'ajoute qu'un mot, c'est qu'on les entendit
Crier : Pauvre papa, tu l'avais bien prédit!

FABLE XX

L'Huître incrédule

Collée à son rocher, une huître discutait
   Avec un crabe, animal amphibie,
(L'huître est presque toujours forte en philosophie.)
   Comme absurde elle rejetait
   Ce que l'autre lui racontait
Du monde aérien étendu sur leurs têtes.
   — Bah! vous nous contez des sornettes,
Avec cet autre monde invisible aux poissons.
L'homme? pure chimère!... et les oiseaux? chansons!...
Parlez-moi maquereaux, sardines ou crevettes;
Cela, c'est la nature observable, et j'y crois;
Mais le surnaturel n'est point scientifique,
Tel est le dernier mot de la haute critique.
Je suis positiviste et crois ce que je vois...

Elle en eut dit bien plus encore
Sans un grappin de fer qui, plongeant sous les eaux,
Vint décrocher du roc la savante pécore.
    Un gros Anglais, friand de tels morceaux,
    Vous lui prouva d'une façon sommaire,
    Que l'homme, hélas ! n'est pas une chimère.

N'ayant sous leur scapel ou sous leurs yeux de chair
Trouvé l'âme ni Dieu, le diable ni l'enfer,
    Certains docteurs biffent tous ces chapîtres.
    Ces docteurs-là sont des autorités...
        Oui, dans leurs spécialités ;
Là je les choisirais moi-même pour arbitres ;
    Mais s'agit-il des saintes vérités ?
        Ils raisonnent comme des huîtres.

LIVRE IV

POUR LA JEUNESSE

FABLE Ire

Le Rossignol et le petit Moineau

A MA MÈRE.

Volontiers jeune tête avance hors du nid ;
    Le nouveau, l'inconnu vous tente.
Qu'on s'éloigne et bientôt de la famille absente
    Le tendre regret vous punit
    Comme un remords d'ingratitude amère.
Témoin certain moineau...C'est pour vous, bonne mère,

Que je vais essayer de faire ce récit,
    Et si ma mère est satisfaite
J'aurai toujours assez bien dit.

Le plus tendre duvet couvrait encor sa tête
Lorsque, se trouvant seul un jour, il voulut voir...
    Il vit, mais il fit la culbute
Et lorsqu'il fut en bas, tout meurtri de sa chute,
    Jugez quel fut son désespoir !
    C'était grand pitié de l'entendre.
    (Heureusement nul chat ne l'entendit.)
Un rossignol sur les lieux se rendit ;
    Les artistes ont le cœur tendre.
    Il le prit, le réconforta,
Dans son propre nid l'emporta
Et lui donna sa part à la becquée ;
Même, tant sa pitié fut prompte et remarquée,
Deux linots, ses voisins, croient encore aujourd'hui
    Que cet enfant était à lui.
Mais il ne put calmer sa plainte inconsolée ;
Monsieur Passeronnet comme un perdu criait
    Et piou, piou, piou, pépiait, pépiait.

Cependant que faisait sa mère ? Désôlée
    Aux champs, aux bois, partout elle volait,
        Elle appelait ;
    Du haut du mont, au fond de la vallée
Elle cherchait. Enfin, pour être court,
Elle entend pépier... Elle tressaille, accourt

Et voit Passeronnet dans un nid de verdure,
Sous un buisson fleuri, près d'une source pure.
   Notre étourdi fut d'abord embrassé,
    Et puis grondé, puis encor caressé ;
Puis on remercia le bon propriétaire.
Vrai, dit le rossignol, j'ai fait ce que j'ai pu.
Vous trouvez votre enfant bien logé, bien repu ;
   Remportez-le chez vous : ce sera mon salaire ;
Car ici rien, mais rien n'a le don de lui plaire.
Dorloté dans mon nid, il réclame le sien,
   Et de ses cris nous remplit les oreilles ;
Or, soit dit sans reproche, il n'est pas musicien.
Pourquoi ce bruit? pourquoi des alarmes pareilles ?
Mon nid vaut bien, je crois, votre réduit obscur
     Dans quelque fente de vieux mur !
    Oui, répondit l'heureuse mère,
En chargeant son petit, le plus doux des fardeaux,
      Sur son dos,
    Oui, noble et généreux compère,
Nos trous de passereaux, j'en conviens, sont fort laids ;
Vos habitations près d'eux sont des palais,
Et mon fils me redit qu'en sa douleur amère
Vous n'avez rien omis pour remplacer sa mère ;
Mais il me dit aussi qu'aux yeux de chaque oiseau
Le nid qui l'a vu naître est toujours le plus beau.

4

FABLE II

Le Roi et le Berger

Rencontrant un berger, un roi lui dit : Voyons,
Que gagnes-tu, mon brave, à garder tes moutons?
   —Moi ? je gagne autant que vous, Sire,
   —Autant? reprit, et non sans rire,
Le souverain ; fais-moi ton compte. — Il est fort clair;
  Que m'importent les grosses sommes?
Je conduis mes moutons, vous conduisez des hommes,
Et nous gagnons tous deux le ciel... ou bien l'enfer.

FABLE III

Le Chat sacrificateur

Jadis, chez un prêtre païen,
Grippeminaud, chat hypocrite,
Ayant vu faire un sacrifice, vite
Voulut offrir aussi le sien.
La piété n'y fut pour rien;

Grippeminaud n'avait qu'un but : il voulait être
    Remarqué, bien vu de son maître.
    A plat ventre au pied de l'autel,
    Il roulait des yeux en coulisse,
  Levait un pied, puis l'autre vers le ciel.
Et d'un ton papelard, lui gonflé de malice
    Il miaulait : Jupiter immortel,
    Accepte mon sincère hommage ;
  Que n'ai-je un bœuf ; mais je n'ai qu'un fromage ;
Le voici, je te l'offre. — « Est-ce assez miaulé ?
    Lui cria tout à coup le prêtre ;
    Crois-tu tromper le ciel ? Ah ! traître,
    Ton fromage, tu l'as volé.
Et cette infraction n'est certes pas la seule.
Regarde ta moustache, elle est rouge de sang,
Je t'ai vu tuer, moi, tout à l'heure, en passant
Un rat : sa queue encor te sortait par la gueule.
Le meilleur sacrifice est d'observer la loi,
C'est d'avoir le cœur pur. Quant aux gueux comme
    Ces spéculateurs sur prières,   [toi,
Ces faux dévots qui font qu'on ne croit plus aux vrais,
  Sont de la piété les pires adversaires.
Va grimacer ailleurs, fourbe, ou sinon je vais... »
    Sans en attendre davantage
Grippeminaud s'enfuit ; il en fut pour ses frais
    Et, qui pis est, pour son fromage.

FABLE IV

Le Noyer et le Saule

A coups de pierre, à coups de gaule,
Des écoliers, au coin d'un bois,
Saccageaient un noyer pour attraper des noix.
Témoin de ce dégât, un saule
S'applaudissait de n'être bon à rien :
« Quelle chance, bon Dieu, qu'on me sache stérile !
Au moins on me laisse tranquille. »
— Et moi, dit le noyer, né pour faire le bien,
J'aime encor mieux souffrir qne de vivre inutile.

FABLE V

Un Héros chez les Rats

Dans un champ plein de rats deux ratons s'ennuyèrent
Et se mirent ensemble à courir le pays.
Ils voulaient découvrir ; et de fait ils trouvèrent
Un chat ; l'un des deux y fut pris.

L'autre échappa, grâce au creux d'une pierre.
 Or, après le départ du chat,
Qu'eussiez-vous fait, lecteur, à la place du rat?
Moi, je fusse en trois sauts retourné chez mon père ;
L'imprudent poursuivit le trajet commencé.
Par bonheur, ce jour-là, comme à son ordinaire,
 La Fortune n'y voyait guère.
Elle eût dû le punir, il fut récompensé.
Elle le conduisit dans une riche plaine,
 Où le blé roulait sur les pois
 Et les noisettes sur les noix.
L'aventurier revint annoncer son aubaine,
Et voisins d'accourir. Dès qu'on a vu la plaine,
Chacun s'empresse autour du fortuné raton :
Vive notre héros! le grand rat! le grand sage !
On le porte en triomphe, et l'on change son nom,
Sur l'avis des savants, en celui de Colomb.
 Quant au compagnon de voyage
Qui s'en était allé l'attendre chez Pluton,
Personne n'y songea, sinon sa pauvre mère
Et certain vieux docteur qui le plaignit, dit-on,
Comme un jeune ignorant, un sot, un téméraire.

L'un avait échoué, l'autre avait réussi.
Plût à Dieu que les rats fussent seuls sur la terre
 A juger du mérite ainsi !

FABLE VI

La Meunière et la grande Dame

Une dame fort riche un jour, en son boudoir,
Reçut une meunière, et celle-ci crut voir
S'ouvrir le paradis : Oh ! dit la bonne femme,
Oh ! que c'est beau le boudoir de madame !
  Oh ! les dentelles du rideau,
Les glaces, les tapis, que c'est beau ! que c'est beau !
 Pour achever d'étonner la meunière,
La châtelaine ouvrit ses écrins précieux
  Et fit miroiter sous ses yeux
  Et ruisseler à la lumière
Or, saphirs et rubis, perles et diamants.
La villageoise en eut des éblouissements ;
Et la dame riait. Mais notre visiteuse
Que chaque objet nouveau rendait plus curieuse
  S'avisa de savoir alors
 Combien de temps la dame avait pu mettre
  Pour amasser tous ces trésors.   [peut-être.
— Combien ? Mais je ne sais, cent ans, deux cents
Car presque tout cela me vient de mes aïeux.
— Et ça coûte-t-il cher ! — Oh ! des prix fabuleux !
Tenez, c'est mille écus cette petite pierre..

—Et ça vous rapporte?.. Combien?..
— Mais rien du tout, ma bonne femme, rien ;
 Tous les hivers, bien au contraire,
 Cela coûte un peu d'entretien.
—Tiens, c'est drôle, observa la naïve meunière,
J'ai des pierres aussi, j'en ai deux seulement ;
 Elles ne sont pas aussi belles
 Mais me rapportent joliment.
— Ah ! dit la châtelaine, et comment donc sont-elles !
— Ce sont, répondit l'autre avec un air malin,
 Les deux pierres de mon moulin. ·

FABLE VII

La Tourterelle et la Pie

A Mme***

 La tourterelle et la pie, un beau soir,
Sortaient de chez un paon, seigneur du voisinage.
La pie, en sautillant, faisait, selon l'usage,
Le portrait de l'ami qu'elle venait de voir.
 Elle trouvait sa robe assez jolie.
 Mais, ajoutait-elle, (les *mais*
Sont un terrible mot dans le bec d'une pie ;
 J'en vois telle d'ici qui ne loua jamais

Que pour avoir le droit de mieux blâmer ensuite) ;
Mais, vous en conviendrez, l'ennuyeuse visite !
Ouf ! j'en ai des vapeurs ; il n'a pas dit trois mots.
Il a bien fait, du reste ; il sait le vieux proverbe :
    Le silence est l'esprit des sots.
Puis, quel cri rauque et dur, et quel maintien superbe !
Avez-vous vu ses pieds ? Dieu ! les maigres fuseaux !
    Moi, répondit la tourterelle,
Je n'ai pas eu le temps d'observer ses défauts ;
    J'ai vu sa queue, et je n'ai plus vu qu'elle.

La pie avait les yeux de la malignité ;
    Sa compagne, tout ingénue,
    Avait ceux de la charité.
Toutes deux jugeaient mal ; leur double point de vue
N'envisageait le vrai que par un seul côté.
    Mais se tromper comme la tourterelle
    N'est-ce pas une erreur bien belle
    Et qu'on admire volontiers ?
Votre exemple, à lui seul, prouverait bien, madame,
    Que c'est l'erreur d'une belle âme,
Car c'est la seule erreur que vous vous permettiez.

FABLE VIII

Les deux Roses

Entr'ouvertes un même jour,
Deux roses fleurissaient pareilles,
Fraîches toutes deux et vermeilles,
Toutes deux le plus tendre amour
Des papillons et des abeilles.

L'une, au sommet d'une hauteur,
Des passants attirait la vue ;
Dans la vallée, inaperçue,
L'autre se cachait : Pauvre fleur,
Je plains ta beauté méconnue !

Ainsi, tu n'auras pour te voir
Que ta solitude profonde !
Ta sœur de loin s'annonce au monde,
Et toi... Mais le ciel devient noir...
Dieu ! c'est la tempête qui gronde.

Tu t'effeuilles, fleur du coteau ;
Tes débris jonchent la campagne.
Le vent qu'arrête la montagne
Ebranle à peine le rameau.
Où se balance ta compagne.

C'est un écueil pour la beauté,
Que d'être trop en évidence.
Enfants, écoutez la prudence :
Confiez à l'obscurité
Le doux trésor de l'innocence.

FABLE IX

Les Pourceaux et le Daim

Un pâtre sur un chêne en abattait les fruits.
Un large grognement, mêlé de quelques cris,
    Accueillait en bas cette pluie :
Là ses administrés mangeaient et barbottaient
    Comme des pourceaux qu'ils étaient.
    Témoin de leur joyeuse vie
    Un daim trouva qu'ils étaient bien heureux
    Des soins que l'on prenait pour eux.
Avez-vous réfléchi quelle reconnaissance
Mérite, ajouta-t-il, ce maître généreux
Dont la main vous nourrit avec tant d'abondance ?
    Un des gloutons releva le museau :   [ceau,
Qui ? Quoi ? L'homme, la main,... dit le seigneur pour-
Que nous vient-il chanter, ce diseur de sornettes ?
    Philosopher, bon pour les sottes bêtes,

Mais nous, bêtes d'esprit, on ne nous y prend pas.
Va-t'en voir, mon ami, si les savants sont gras.
En fait de sentiment et de reconnaissance,
Vivent les glands bien mûrs qui garnissent la panse!
Vive l'eau piétinée et trouble du ruisseau!
A ta santé, mon vieux! Il dit, grogne, et se baisse,
  Et se remet à fouiller du museau.
Le daim, avec dégoût, se détourne et le laisse.

Qu'eût-il dit s'il eût vu tant d'hommes oublieux
Vivre des dons que Dieu leur prodigue sans cesse
Et n'élever jamais leurs regards jusqu'aux cieux!

FABLE X

La Rivière et les Ruisseaux

On vous saute à pieds joints, moi je porte bateau!
Disait à ses ruisseaux une large rivière.
L'un d'eux lui répondit : Soyez un peu moins fière,
  Car sans nous vous n'auriez pas d'eau.

FABLE XI

L'Eglantine

Un pétulant petit garçon
Veut prendre une églantine au milieu d'un buisson.
Il s'y pique d'abord ; puis, tandis qu'il la cueille,
    Voilà que la rose s'effeuille.
L'enfant la jette et dit avec un gros soupir :
Ah ! c'est payer trop cher un frivole plaisir !

FABLE XII

Le Rat de ville et le Rat des champs

(Imité d'Horace.)

Monseigneur rat de ville avait longtemps promis
A maître rat des champs l'honneur. d'une visite.
Un jour il tint parole, et dans son humble gîte
Descendit l'embrasser : c'étaient deux vieux amis.
L'hôte, peu fortuné, sobre en son ordinaire,
Savait se mettre en frais et, dans l'occasion,
Faisait tout comme un autre honneur à sa maison.
    Sur sa table en mousse légère

Il étala du blé, des raisins secs, des noix ;
Même il courut chercher au fond de sa retraite
Un peu de vieux lard sec rongé déjà deux fois :
  C'était le plat des jours de fête.
Pouvait-il faire mieux ? Il servait tout son bien
Et, ne soupçonnant pas que, par toute la terre,
On pût trouver festin plus complet que le sien,
  Il souffrait de voir son compère
Goûter du bout des dents, sans s'arrêter à rien.
  Lui, cependant, plein de délicatesse,
  Se contentait, quoiqu'il fût le traiteur,
De gruger quelques grains ou d'avoine ou de gesce
  Dont il laissait tout le meilleur.
Enfin le citadin, dans un pompeux langage :
Hors des cités, dit-il, on ne vit qu'à demi.
Quel plaisir trouves-tu, dis-moi, mon pauvre ami,
A moisir dans la nuit de ta roche sauvage?
Viens-t-en chez moi, partons : je le tiens d'un vieux
   Nos plus beaux jours   [sage ;
   Sont les plus courts.
Sous la faulx de la Mort, grands et petits tout tombe,
Et nul mâne de rat ne revient de la tombe.
Jouissons, hâtons-nous ; car les morts sont bien morts!
Frappé de ce discours, l'ignorant qui l'écoute
S'ébranle à l'instant même ; il saute, il est dehors.
Côte à côte trottant les voilà sur la route.

Déjà la nuit propice avait voilé le ciel,
Quand, tout le long des murs se glissant en silence,
Ils firent leur entrée en un superbe hôtel.
Là tout brillait de luxe et de magnificence ;
L'or, la pourpre, l'azur émaillaient les tapis ;
Mais surtout, les débris du souper de la veille
Remplissaient dans un coin une large corbeille.
A l'œuvre ; l'invité sur la nappe est assis ;
L'autre, d'un trot léger, d'une patte empressée,
Ainsi qu'un maître-queux à manche retroussée,
Fait succéder les plats, les goûte en les nommant
Et trouve un trait d'esprit comme assaisonnement ;
    Il était rat de bonne compagnie.
      Le campagnard riait beaucoup,
S'empiffrait comme quatre et louait fort la vie
Que mènent les marquis à long poil. Tout à coup
Alerte ! On vient : D'un bond notre couple s'élance
    Et de courir, tremblants, sans savoir où,
    Et de chercher, mais vainement, un trou.
Cependant le fracas monte, grossit, s'avance.
Eperdus, demi-morts, ils n'entendent partout
Que cris de chiens, de chats ; la maison en est pleine.
Voilà, dit le rustaud, qui n'est plus de mon goût.
Adieu ; sous mon rocher je vais reprendre haleine
    Et des émotions de vos festins de rois
      Me consoler avec mes pois.

———————————

FABLE XIII

Les deux Socs de charrue

Un soc était si net, si luisant, qu'à le voir
  Vous l'eussiez pris volontiers pour miroir.
Un autre se plaignait d'être rongé de rouille
Et demandait pourquoi. — Pourquoi ? dit le premier,
C'est que tu ne fais rien, quand tout le jour je fouille.
    Pour m'empêcher de me rouiller
Je ne sais qu'un secret, mais un bon : travailler.

FABLE XIV

L'Enfant, les Chenilles et l'Arbre

  Pour cadeau de nouvelle année
Un jeune enfant reçut un beau prunier
Dont on le déclara maître et seul jardinier.
Il en eut tout d'abord la tête un peu tournée :
Quel bonheur, pensait-il, de récolter mes fruits !
  Je donnerai les premiers mûrs, et puis

Je m'en ferai marchand. J'en vais vendre à ma mère
    Pour des baisers et des joujoux,
    Pour des histoires à mon père.
Il battit des deux mains quand le temps fut plus doux.
Et qu'il vit bourgeonner l'arbre par tous les bouts.
Mais le père indiqua certaines perles blanches
Formant comme un étui collant aux jeunes branches,
Et certains bourrelets serrés, tout cotonneux :
« Qu'est-ce donc que cela, papa ? — Ce sont des œufs.
    Mon enfant, prend garde aux chenilles !
— Bah ! répondit l'enfant, ces petits œufs mignons
Ne produiront jamais de bien grosses familles.
L'arbre n'en a pas peur ! — Alors soit, attendons ;
Mais souvent un grand mal sort d'un rien qu'on né-
    Prend garde aux chenilles, te dis-je ! »   [glige,
Chacun des bourrelets bientôt se dilata ;
Ce fut comme un tissu de toile d'araignée
Où fourmillait déjà la rampante lignée ;
Et le père appela son fils et répéta :
« Prends garde, mon enfant, prends garde ! ta paresse
Te joûra mauvais tour. — Mais, papa, rien ne presse,
Puisqu'elles sont encor toutes dans leurs réseaux :
Deux, quatre, six, huit nids... En huit coups de ciseaux
Je vous les jette à bas ; ce qu'on verra, j'espère,
Demain, dès le matin. — Demain ? reprit le père ;
Pourquoi pas aujourd'hui ? — Parce que je sais bien
Que d'ici-là, cher père, il n'arrivera rien. »
Il arriva pourtant qu'il eut une visite,
Et que, de jeux en jeux, le temps passa si vite

Qu'on en oublia l'arbre. Un jour plus tard, le soir,
Il y songe, il y court. Quel spectacle! il put voir
Les chenilles partout courir éparpillées,
Les rameaux envahis et les feuilles pillées!
   Il coupa bien un bout de branche ou deux,
Mais il aurait fallu tailler jusques au faîte,
Et puis cela sentait... et c'était si hideux
Que le cœur lui manqua. La récolte était faite.
Pas un fruit ne parvint jusqu'à maturité.
   Les feuilles même à jour furent rongées;
     Et sur l'arbre déchiqueté
En autant de filets elles semblaient changées.
Le petit négligent pleura, pleura beaucoup;
     Mais il se jura, pour le coup,
    De corriger sa honteuse paresse.
L'histoire du prunier lui revenait sans cesse
Et lorsqu'il laissait voir parfois, en grandissant,
Mollesse, ou gourmandise, ou colère, ou mensonge,
Ou tel de ces défauts qui, petits en naissant,
Vous rongent un beau jour le cœur, si l'on n'y songe,
Vite il se corrigeait, rien que sur cet avis:
    Prends garde aux chenilles, mon fils!

FABLE XV

Les deux Borgnes

Deux borgnes sous leurs pas trouvent une lunette ;
Dispute pour l'avoir, coups de poings furieux.
   Quand le vainqueur en eut fait sa conquête
   Il n'avait plus le dernier de ses yeux.

FABLE XVI

Le Bourdon

Né d'une race infatigable, ardente,
De ses parents prendre l'activité,
Mais pour l'user sans nulle utilité ;
Voir travailler l'abeille diligente
Et, sans jamais faire un rayon de miel,
Piller en vain, de calice en calice,
Tous les trésors qu'y renferma le ciel ;
Voltiger seul, au gré de son caprice ;
Tout son printemps vivre aux dépens d'autrui ;
Puis, affamé quand les beaux jours ont fui,

Tomber de froid à la porte bien close
Où chaudement l'abeille se repose,
Et là mourir dans un triste abandon :
Tel est le sort, égal, et non sans cause,
De l'étourdi tout comme du bourdon.

FABLE XVII

Le Miroir et l'Eau

Un jeune enfant jouait devant le magasin
    D'un miroitier, tout près d'un clair bassin.
        Un char passe et d'un tour de roue,
    Vous l'éclabousse et le couvre de boue.
« Te voilà propre ! enfant, si tu tiens à le voir,
Tu n'as qu'à regarder chez moi, dit un miroir. »
L'éclaboussé réplique, en s'essuyant la joue :
    « La belle avance ! en serai-je moins noir ? »
Alors l'eau du bassin : « Regarde à ma surface,
    .. Enfant, penche-toi par ici ;
        Je montre les taches aussi,
        Mais je fais plus : je les efface. »

Or, quel est ce miroir ? C'est la Raison. Souvent
Par elle je me vois dans une comédie
    Ou traité de philosophie ;
Je ris, je pleure, autant en emporte le vent :

Je me retrouve tel qu'avant.
Mais quelle est, à côté, cette eau plus efficace ?
C'est la Religion, avec ses sacrements ;
   Car elle seule à ses enseignements
Sait ajouter la force en dispensant la Grâce.

FABLE XVIII

Le Villageois et le Jeune Cheval

A MON PÈRE

Un villageois semait. Novice dans la vie,
Un tout jeune cheval suivait d'un œil d'envie
L'avoine que sa main jetait dans le sillon.
Il disait : A quoi bon cette folle dépense ?
Y songe-t-il ? Un mets que je trouve si bon !
S'il en a trop, eh bien ! qu'il double ma pitance ;
Mais il ne double, hélas ! que ma charge et ses coups !
Et l'on dira que l'homme est plus sage que nous ?
Il est beaucoup plus sot, voilà ce que j'en pense.
   Si j'étais homme et qu'il fût mon cheval,
Ne me ferais-je pas un cas de conscience
De gaspiller le bien de ce pauvre animal ?

Alors, (nul ici-bas n'est à l'abri du vice)
Je pourrais bien cacher du grain, par avarice,
Mais le jeter? jamais, j'en sais trop pour cela ;
L'homme est capable seul de ces traits d'esprit-là.
Il dit, et tout content, tout fier de sa personne,
    Mon bidet fit trois bonds joyeux.   [sonne !
Trois bonds qui semblaient dire : Oh ! comme je rai-
Bientôt de son erreur il jugea par ses yeux,
Quand il vit des moissons la fertile abondance.
L'avoine ensemencée avait doublé cinq fois ;
Il l'emportait joyeux de plier sous le poids.

Ils parlent comme lui, ceux dont l'extravagance
Disserte à tout propos contre la providence.
    Mais, insensés, pour juger ses décrets,
Avez-vous pénétré ses fins et ses secrets?
    Dieu voit nos besoins, Dieu nous aime,
Ah ! livrons-nous plutôt à sa bonté suprême !
C'est toi qui me l'appris, ô père aimable et bon ;
    Et de ce sublime abandon
Quand je cherche un modèle, en toi je le contemple,
Comme tant de vertus dont tu donnes l'exemple,
    Et dont je n'offre hélas ! que la leçon.

FABLE XIX

Le Loup et la Queue du Lion

Caché derrière un arbre un lion attendait,
  Guettant sa proie. Un vieux loup qui rôdait
Vit le bout de sa queue ; il en devint tout blême,
S'arrêta court, lorgna l'objet en question
  Et sagement se posa ce problême :
    Puisque du bœuf et du lion
    La queue est à peu près la même,
Est-ce bien un lion que j'ai là sous les yeux?
Est-ce un bœuf? Car je n'ose approcher pour voir mieux.
Bœuf, il me nourrirait ; mais lion, au contraire ;
Loin d'être le mangeur, je serais le mangé...
Bonsoir, lion ou bœuf, je m'en vais... Je préfère
Etre traité de sot pour avoir mal jugé
  Que si l'on fait demain mon oraison funèbre.

Malgré l'instinct glouton qui l'a rendu célèbre,
Maître loup raisonna comme un esprit très-mûr ;
Dans le doute il choisit le parti le plus sûr.

FABLE XX

Le Papillon

Beau papillon si doux à voir,
Que je te plains ! Tu viens d'éclore
Aux derniers regards de l'aurore
Et je te chercherai ce soir !

Cependant ta métamorphose
Fut lente et d'un travail obscur ;
Tu te traînas, reptile impur,
Tu rongeas le lis et la rose ;

Et bien souvent tu ressentis
Des craintes, des terreurs amères :
L'hirondelle a porté tes frères
Aux becs ouverts de ses petits.

Ainsi la fortune nous coûte ;
Longtemps vers elle il faut ramper
En redoutant de voir tromper
Nos espérances sur la route.

Enfin avons-nous pu sortir,
Comme toi, de la nuit profonde ?
Adieu, fortune, adieu le monde !
Voici la mort, il faut partir.

Beau papillon, l'air qui soupire,
Les rayons du ciel embaumé
Et les fleurs au sein parfumé
Tout ici forme ton empire.

Va, ne songe pas à demain,
Va, balance-toi sur tes ailes ;
Cherchant les couleurs les plus belles,
Vole et jouis, c'est ton destin.

Mais nous, fortune qui varie,
Et volupté prête à finir
Devraient-elles nous retenir ?
N'avons-nous pas une autre vie ?

LIVRE V

POUR TOUS LES AGES

FABLE Ire

Le Coucou et le Ramier

A MADAME J.-M. VILLEFRANCHE

(Fable écrite près du berceau de l'aîné de mes enfants.)

Papa ramier sur le bord d'un bocage
Récoltait le pois mûr et la gesce sauvage.
Passe un coucou garçon volant je ne sais où
Et répétant sans cesse à plein gosier : Coucou !

Coucou! Papa ramier, que vous me faites rire
En gardant pour autrui ce succulent repas
Que, plein d'un saint respect, vous ne dégustez pas!
— C'est pour mon nid. — Un nid! mais c'est un vrai
Bâtir, couver, veiller, quêter, rassasier,   [martyre!
Jamais de sommeil franc, toujours l'âme inquiète;
Redouter l'épervier, l'autour et la chouette,
    L'homme surtout pire que l'épervier;
Ce métier-là vous plaît? Amen; grand bien vous fasse!
    Moi, plus malin, je ne nourris que moi.
— Mais, dit le bon ramier, vos petits? — Je les passe
A quelque sot voisin, j'en ai toujours, ma foi!
    Chez lui je vais pondre en cachette,
Et, ni vu, ni connu, je pars, la farce est faite
Coucou! Vive la joie! A d'autres l'embarras!
Qu'en pensez-vous, l'ami? Le ramier dit : Je pense
Qu'avec tout votre esprit vous ne soupçonnez pas
    Les beaux côtés de l'existence.
Hélas! que n'avez-vous ma douce expérience!
Moi, je passe en extase une part de mes nuits
A regarder dormir l'enfant qui vient de naître.
Plaisir peu varié, direz-vous : Soit, peut-être,
Mais, plaisir infini! Vous plaignez mes soucis;
    Soucis d'amour ne vont jamais sans charmes
Et je sais des travaux, des veilles, des alarmes
Que je ne donnerais pour rien. Mais, au revoir;
De petits becs ouverts une troupe m'appelle

Et, brûlant de me recevoir,
Leur mère, ma colombe attentive et fidèle,
Dans notre nid bien chaud a replié son aile.
Pour vous, qui rejetez le fardeau du devoir,
Ah ! c'est vous que je plains, vous toujours solitaire
  Qui n'aimez personne sur terre
Et que personne n'aime. Allez et croyez-moi
Celui-là ne vit pas qui ne vit que pour soi.

FABLE II

La Lampe du Sanctuaire

A UNE RELIGIEUSE

Tout reposait; la nuit enveloppait la terre
  De son manteau pailleté d'or ;
  Mais dans la paix et le mystère,
  ·Au fond du temple solitaire
  Une lampe veillait encor.
  Une chouette, oiseau nocturne
  Qui demeurait dans le clocher,
  Vole curieuse vers l'urne
  D'où sort la lueur taciturne
  Et vient, tout auprès, se percher;

Que je te plains, dit la chouette,
O Lampe qui pourrais briller dans une fête,
Que je te plains de t'épuiser ainsi
Loin de tous les regards ! — Non, je suis bien ici,
Laisse-moi, dit la Lampe, y finir ma carrière.
Compagne du Seigneur qui, dans ce sanctuaire,
Veille et s'immole pour autrui,
Je brûle sous ses yeux ; si je meurs, c'est pour lui ;
Enfin, victime volontaire,
Je me consume mais j'éclaire.

FABLE III

La Chèvre et le Chou

Harpagon tenait fort à sa chèvre laitière
Mais ne tenait guère moins à son chou.
La chèvre bien souvent jeûnait sur sa litière.
Maître Harpagon lui passait par un trou,
De loin en loin, quelque morceau de feuille
De l'unique et précieux chou.
« Que tu me coûtes cher, disait-il ; mais Dieu veuille
Te bien gonfler de lait ! » La chèvre maigrissait
Et le chou, sans profit pour elle, décroissait.

Un jour le chou finit et la chèvre succombe.
    Harpagon faillit dans la tombe
Les suivre tous les deux. Il comprit qu'on est fou
De vouloir ménager et la chèvre et le chou.

FABLE IV

Le Bouc et le Loup

Un Brahme (1) indou, moraliste et poëte,
Conte qu'un maître bouc, par un tigre pressé,
Espéra sous un roc trouver une retraite;
Mais qu'il y vit un loup; il s'en fût bien passé.
Danger de part et d'autre. Où fuir, et comment faire?
Rebrousser? Mais le tigre. Avancer? Mais le loup...
    Payer d'audace! Il en eut et beaucoup.
Il s'en vint dire au loup, d'une voix forte et fière,
Qu'il était un Génie exilé sur la terre;
Qu'avant de le reprendre au céleste séjour
Brahma le condamnait à manger tour à tour
    Quatre lionnes, six panthères
Et dix loups; qu'il venait d'achever les premières,

(1) Prêtre de la religion de Brahma. Dans cette religion, on croit a la *Métempsycose*, c'est-à-dire à la transmigration des âmes passant d'un corps dans un autre.

Qu'il en était aux loups ; que Monsieur justement
 L'étrennerait dans le moment.
D'un pas retentissant, à ces mots il s'avance.
Les brigands sont peureux, notre loup le prouva :
 Il se sauva.
(Notez qu'il était jeune et sans expérience.)
 Il trouve un renard, et commence
Par lui peindre cet ogre, objet de sa frayeur,
Ses cornes et sa voix, sa barbe et son odeur.
Parbleu ! dit le renard qui comprit la méprise,
Votre ogre, c'est un bouc. Un bouc chasser les loups !
Le tour est bon, ma foi ! Venez, rentrons chez vous,
Vous allez le revoir sans terreur ni surprise.
 Ils retournent et, de nouveau,
 L'hôte encorné dut trembler pour sa peau.
Sa présence d'esprit lui demeura fidèle.
S'adressant au renard : Quoi ! dit-il en courroux,
Je t'avais commandé de m'amener dix loups,
Tu n'en amènes qu'un ! Loup de fuir de plus belle,
Et mon gascon indou, le voyant éperdu,
 Se prit à rire en sa moustache,
Non sans quelques frissons, il faut bien qu'on le sache.
L'adresse le sauva, la force l'eût perdu.

FABLE V

L'Ane et les Passants

Un âne portait du fumier.
Je n'aurais pas voulu lui barrer le passage
   Ni lui disputer l'avantage
     De passer le premier.
Ainsi faisait la foule : on fuyait sa présence.
L'âne s'imagina que c'était déférence :
Ces gens sont bien appris, se disait-il tout bas;
Comme ils s'empressent tous de nous céder le pas!
Ils savent ce qu'on doit à ma dignité d'âne.
   Et là-dessus le grison se carrait
   Comme un derviche en face d'un profane.
    Le lendemain il reparaît,
   Portant des fleurs dans des vases de terre :
Longs épis de glaïeuls et pavots enflammés,
Et renoncules d'or et jasmins embaumés,
    Bref, un véritable parterre.
Ce spectacle arrêta tous les passants charmés;
On s'approche, on le suit, près de l'âne on se presse;
Alors, l'oreille en l'air, celui-ci tout joyeux :
Quels hommes de bon goût! Allons, de mieux en mieux!
Hier, c'était respect; aujourd'hui c'est tendresse.

Oui, venez, venez tous admirer et flairer.
Vous méritiez, Messieurs, l'attention aimable
Dont j'ai voulu vous honorer
Par ma présence inestimable.

Sottise et vanité vont fort bien toutes deux
Et le proverbe est équitable :
Glorieux comme un sot, sot comme un glorieux.

FABLE VI

Les deux Rats à fond de cale

La vengeance est parfois un plaisir dangereux;
On la paie, et fort cher. Deux rats à fond de cale
Vivaient dans un vaisseau partant pour le Bengale,
C'était un paradis pour eux.
Point de chiens, point de chats, sécurité complète,
Et cependant, nul danger de disette;
A marauder, la nuit, nos gens avaient beau jeu.
Mais un os, par malheur, tomba dans leur retraite.
Un os, si gros qu'il soit, pour deux rongeurs c'est peu;
Le plus fort de nos rats l'escamote et l'emporte;
L'autre a beau crier : Part à deux!
— Part à moi seul, dit-il, en refermant sa porte.
Le dupé s'éloigna, le cœur gonflé, haineux :

Eh quoi! grommelait-il, il va faire ripaille,
    Tandis que moi je jeûnerai!
Non! si je ne puis pas mordre à la victuaille,
Lui non plus, je le jure, et je me vengerai!
A ces mots, du navire il ronge la carêne;
Une cheville en bois s'y trouve sous sa dent;
  Il la secoue et l'ébranle; il fait tant
    Qu'il l'arrache, quoiqu'avec peine:
    Et l'eau pénètre doucement,
    Doucement, mais incessamment;
  Et tout d'un coup, sans bruit, dans la nuit sombre,
    Quand tout le monde est endormi,
  Le beau trois-mâts s'incline et sombre.
Le rat vindicatif noya son ennemi;
  Mais il périt aussi dans le naufrage,
Et non seulement lui, mais tout un équipage!

FABLE VII

L'Ermite et le Crâne

Un roi, fier contempteur du reste des humains,
Egaré dans un bois rencontre un solitaire
Assis et regardant un crâne dans ses mains.
  Que cherchez-vous dans cet objet, mon père?

Lisez-vous l'avenir? — Non, dit le solitaire,
Je songeais au passé; je désirais savoir
Si ce crâne est celui d'un homme du vulgaire
    Ou d'un roi : je n'y puis rien voir.

FABLE VIII

Le Marchand enrichi

Un marchand s'écriait : « C'est l'heure de jouir ;
J'ai de quoi vivre enfin! » Survint la maladie :
« Ah! je me suis trompé sur le but de la vie,
    Car je n'ai pas, dit-il, de quoi mourir! »

MÊME SUJET

Un marchand s'écriait : J'ai de quoi vivre enfin!
— As-tu de quoi mourir? lui dit un capucin.

FABLE IX

Les Rêves du Lapin

Couché dans l'herbe après un bon repas,
L'œil à demi fermé, Jeannot Lapin se livre
    Au plaisir de se sentir vivre.
L'imagination chez lui prend ses ébats ;
On dirait un auteur qui va lancer un livre.
    L'imprudent Jeannot ne voit pas
    Que Briffaut est à trente pas
En quête d'un Jeannot pour sa propre cuisine.
« Oui, pensait le rêveur, c'est là que je vivrai !
Lapereaux, mes cousins, Jeannotte ma cousine,
Vous y viendrez aussi ; je vous établirai
    Sur cette colline si verte ;
Nous y jouirons tous du bonheur le plus vrai :
    Je creuserai, j'arrondirai,
Je... » Mais sur lui Briffaut tombe, la gueule ouverte :
Jeannot n'a que le temps de se voir engouffrer.

Que de rêves ainsi la Mort, qui toujours guette,
    Se plaît à dévorer !
  Veille, ô mon âme et tiens-toi prête,
  Car des mortels chacun aura son tour
  Et nul ne sait ni l'heure ni le jour.

FABLE X

Rien de trop

Un ivrogne disait : On me veut faire accroire
Qu'un verre de bon vin soutient l'homme ! Eh ! du tout,
Ce n'est pas vrai ; car moi je viens d'en boire
    Quatorze verres coup sur coup
  Et je ne puis plus me tenir debout.

C'était vrai cependant : Tout dépend de la dose.
L'usage fait du bien ; l'abus, c'est autre chose.
  Heureux qui sait s'arrêter à propos !
Trop manger fait mourir, trop de boisson altère ;
    Trop de fumier brûle la terre ;
  Trop de travail comme trop de repos
    Use les forces et la vie ;
On est bientôt trop faible alors qu'on est trop doux
Et l'extrême équité touche à la tyrannie.
  Mais, à propos, trop de morale ennuie ;
    Prêchons d'exemple : Taisons-nous.

FABLE XI

Le Chat et le Fromage

On m'a conté qu'un avocat
Dans une armoire mal fermée
Mit un fromage délicat.
Le lendemain, de la pièce entamée
Il manquait presque un demi quart.
Dames souris, troupe affamée,
En avaient prélevé la dîme pour leur part.
Vous me paîrez, dit-il, et que cela ne tarde !
Ici, Mitis, venez faire la garde.
Que fit Mitis ? Il croqua les souris.
Puis, dès qu'il eut terminé le carnage,
L'honnête chat acheva le fromage.

Le traître ! direz-vous. Moi, j'en suis peu surpris :
N'avait-il pas bonne excuse à son crime ?
Il fit ce que son maître avait fait maintes fois,
Lorsqu'après le voleur il grugeait la victime ;
Ce que fait tout fripon commis au soin des lois ;
Bref, ce que feront d'âge en âge,
Tous chats, petits et gros, qu'on charge d'un fromage.

FABLE XII

Le Cygne et le Paon

Au temps où les bêtes parlaient
(Ce temps n'est pas si vieux qu'on pense),
Un cygne, un paon se querellaient
Pour le pas et la préséance.
Un autre oiseau, je ne sais plus lequel,
Bonne tête, il suffit, fut choisi pour arbitre.
Chacun des plaidoyers fut long et solennel ;
Nul n'est embarassé sur son propre chapitre.

Après s'être en silence un instant contemplé,
Du sommet de son cou tendu, raide et gonflé :
O Junon ! dit le paon, reine des rois du monde,
Faut-il que l'on compare à ton oiseau chéri (1)
    Ce pâle citoyen de l'onde,
Un oiseau sans couleurs à ton beau favori !
    Que l'orgueil fait d'aveugles en ce monde !
Mais vous, qui vous osez mesurer avec nous,
Du fond de vos marais que nous apportez-vous ?

---

(1) Dans la mythologie païenne, le paon était consacré à Junon, épouse du plus puissant des dieux, et le cygne à Apollon, dieu des vers. La voix du cygne passait aussi pour très-harmonieuse ; c'est pour cela qu'on a appelé le poëte Virgile le *Cygne de Mantoue*, et Fénelon le *Cygne de Cambrai*.

Pouvez-vous, comme moi, vous couvrir d'une roue
Où l'or le plus brillant dans les rubis se joue ?
 Que dis-je ? de l'or, des rubis !
Les plus vives couleurs de l'écharpe d'Iris (2),
Les plus beaux feux du jour, les plus belles étoiles
Dont la main de la Nuit a parsemé ses voiles,
Voyez-les sur mon corps ; mon corps en est chargé ;
Moi, des beautés du ciel je suis un abrégé ;
Moi, je ne me connais point d'égal sur la terre.
J'ai dit.— Le cygne, alors, mais d'une voix moins fière :
Que vous ayez des droits à faire des jaloux
Il faut en convenir, et j'en conviens ; j'avoue
Qu'on peut avec orgueil étaler votre roue ;
 Mais sans avoir le même éclat que vous,
J'ai mes grâces aussi. Ma plume est blanche ; on l'aime ;
L'innocence a daigné la choisir pour emblème.
On dit mon caractère ingénu, simple et doux ;
On vante de mon cou l'élégante noblesse
Et de mes mouvements l'onduleuse souplesse.
Dirai-je qu'aux humains j'appris l'art des vaisseaux ?
Vous ne l'ignorez pas : je marche, vole et nage,
Et des quatre éléments trois forment mon partage ;
 Trois bien comptés, l'air, la terre et les eaux.
Pour chercher jusqu'aux cieux un gage de victoire,
Vous invoquez Junon, soit ; mais j'invoquerai
Le Dieu des vers ; chez lui mon nom est une gloire

(2) L'arc-en-ciel.

Et, s'il en est besoin, je vous rappellerai
Le cygne de Mantoue et celui de Cambrai.　　　[seille,
Oui, mon chant...—Votre chant? bon, je vous le con-
Vantez-le nous! Des cris à nous briser l'oreille.
—Les poètes pourtant...—Poètes et menteurs　[tres!
C'est tout un; ces messieurs en inventent bien d'au-
—Toujours est-il qu'il vaut...—Taisez-vous, vos flat-
　　　　　　　　　　　　　　　　　　　[teurs
Ont dénigré mes chants comme ils surfont les vôtres.
— Fort bien; mais puisqu'enfin vous me poussez à
　　　Et qu'il faut qu'on se dise tout :　　　　[bout
　　　Vos pieds, beau porteur des étoiles
Dont la main de la Nuit a parsemé ses voiles,
　　　Vos pieds, parlez-nous de vos pieds!
—Mes pieds! mes pieds! Eh bien? Des sots humiliés
Peut-être sur mes pieds... Jalousie! Impudence!
Je voudrais bien savoir quels sont les mécontents...
Et la rage étouffait sa voix. Il était temps
Que le juge intervînt et donnât la sentence :
Sans la fierté du paon, dit-il, j'hésiterais;
Mais faire l'orgueilleux pour quelques vains attraits,
　　Pour une robe ou plus ou moins jolie,
Quand on n'a que cela, messieurs, quelle folie!
Je dirai plus : eût-on tous les talents, tout l'or,
Bref, tous les dons du ciel, on est bien pauvre encor
　　S'il y manque la modestie.

FABLE XIII

Aboyard — L'Essieu mal graissé

Aboyard, chien bargneux, hurlait et tempêtait ;
On lui jette un bon os dans la gueule : il se tait.

Certaine voiture rouillée
Marchait avec effort, et sa roue enrouée
Craquait, à rauques cris étourdissait les gens.
 Je vois, lui dit un des passants,
Je vois ce qu'il te faut ! Il va chercher bien vite
Un grand pot de vieux oing ; le char en est enduit,
 Et son trajet s'achève ensuite
 Sans bruit.

O vous qui gouvernez, si la paix vous est chère,
Princes, jetez des os ; graissez, princes, graissez !
Tous ces criards si purs, si désintéressés,
 Est-ce aux abus qu'ils font la guerre ?   [vés.
Non, non ; ils les voudraient, mais pour eux, conser-
Chacun veut au banquet s'asseoir, coûte que coûte ;
Les blancs sont bien souvent des rouges arrivés
 Et les rouges des blancs en route.

Et cependant, princes, écoutez-moi,
(Car je suis moraliste et j'écris pour instruire
Et non pour décocher un vain trait de satire) ;
Graisser, jeter des os, bon moyen, sur ma foi !

Oui, mais encor faut-il avoir de quoi...
Os et graisse à la fin s'épuisent, et le pire
C'est que nos aboyards ont un vaste gosier
  Fait pour avaler un empire;
La France y passerait sans les rassasier.
Donc, laissez-là, laissez leur meute famélique,
Et puis, guerre aux abus ! Que la chose publique,
Princes, n'ait, grâce à vous, plus rien d'irrégulier;
Otez-leur, en un mot, tout motif de crier :
  Ce sera plus économique.

FABLE XIV

Le Coq et son image

Un ancien, c'est je crois Sénèque ou Cicéron,
Définit la colère une courte démence.
  La démence éteint la raison,
La colère l'éclipse et pour un temps moins long;
  Voilà, dit-il, toute la différence.

Jadis vivait un coq hargneux et fanfaron
Dont la sotte fureur n'avait ni paix ni trève;
  Car pour Sénèque et Cicéron,
Il ne les connaissait par Adam ni par Eve;

Mais, comme plus d'un spadassin,
   Il ne savait en fait d'histoire,
   Que l'art de manger et de boire
Et de se battre. Aussi, guerres sans fin.
Un geste, un mot, un rien, moins que rien, le silence,
   A titre d'outrage étaient pris.
   On parlait haut en sa présence,
   Il vous accusait d'arrogance ;
   On se taisait, c'était mépris ;
   On parlait bas : à coup sûr médisance ;
Et des pieds et du bec notre maître brouillon
   S'en venait animer la conversation.
Or, un beau jour, un puits, miroir calme et fidèle,
Se trouva sous ses pas. Sautant sur la margelle,
Il allongea le cou, pour voir au plus profond
   Et vit, beau sujet de querelle,
Un autre cou tendu qui s'avançait du fond.
   « Ah ! dit-il, un coq qui me brave !
Connais-tu mes ergots ? Tu me montres les tiens !...
Tu hérisses ton dos, tu me menaces ? Tiens !...
   Pare cette botte, mon brave ! »
Il plonge dans le puits : triste et dernier effort ;
Qu'y trouva-t-il ? de l'eau, point de coq, et la mort.

FABLE XV

La Canne et le Chêne

Quoi! si chétif encor, disait la canne au chêne;
Tu comptes six étés, j'ai quatre mois à peine
Et je t'ai dépassé! tes progrès sont bien lents.
  — Je grandis pour durer longtemps,
Dit le géant futur! tu montes, mais sans force,
  Prête à sécher quand les beaux jours ont fui,
Et ton long tuyau creux ne prend que de l'écorce.
Le temps n'épargne pas ce qu'on a fait sans lui.

FABLE XVI

Le Chasseur et les deux Lièvres

Un chasseur connaissait deux lièvres dans un gîte :
« Femme, tu les auras tous deux, dit-il; invite
Nos amis pour ce soir, mais invite-les tous :
Nous célébrons, tu sais, la fête de mon père. »
Il décroche à ces mots son fusil à deux coups,
Siffle son chien Tayaut et prend sa gibecière.
Les lièvres l'attendaient comme en un rendez-vous.

« Les voilà! sus, Tayaut, quelle chance est la nôtre! »
Mon homme tire l'un en ayant l'œil sur l'autre,
Le manque, tire l'autre, et le couple qui fuit
        N'en court que mieux. Tayaut les suit
        Avec des éclats de trompette,
Et s'attache au plus près ; mais comme celui-ci
Reste en plaine tandis que l'autre au bois se jette,
Le chasseur rompt le chien : « Ici, Tayaut, ici,
        Au bois ! ne perdons pas la trace !
Quant à celui qui court par les prés, où qu'il passe,
Je le retrouverai toujours. » Il fit si bien,
Qu'il ne retrouva rien du tout, mais là, plus rien,
Ni lièvre, ni lapin, ni perdrix, ni bécasse.
Il rentre avec Tayaut, tous deux l'oreille basse.
Sa femme l'épiait de la fenêtre : « Eh bien !
        Lui cria-t-elle, on n'attend que tes lièvres. »
Le père entend ce mot, croit voir lièvres en tas ;
        Accourt, demandant s'ils sont gras
Et jurant que d'avance il s'en lèche les lèvres :
Puis tous les conviés répètent : « Sont-ils gras ? »
Le chasseur malheureux prit le parti d'en rire.
« Gras ou non, je ne sais : ils sont encore au bois ;
        Et je puis seulement vous dire
Qu'il ne faut pas tirer deux lièvres à la fois. »

FABLE XVII

Les animaux peints par le Singe et par le Renard

Le roi des animaux prit fantaisie un jour
    D'avoir en son Louvre l'image
De sa personne et des gens de sa cour :
Gilles, l'industrieux fut chargé de l'ouvrage.
    Gilles s'arma de ses meilleurs pinceaux.
    Copiste exact de la vérité pure,
      Il fit si bien que la nature
    Sembla revivre en ses tableaux,
    Car il savait ces messieurs difficiles.
Mais l'exposition qu'on fit de ses travaux,
Lui prouva que parfois les talents les plus beaux
    Sont justement les moins habiles.
Nul ne s'y reconnut; tous se plaignaient de Gilles.
Eh quoi! dit l'âne au bœuf, regarde un peu, mon cher,
    Regarde ces cornes de chair;
    Il nomme cela mes oreilles!
—C'est odieux! cria la mule.—Oh! oui, ma sœur.
Reprit l'âne, et mon front, ce front de grand penseur
Que je dois à l'auteur de toutes les merveilles,
Comme le voilà fait! Dom Bœuf, de son côté,
Trouvait, sans se vanter, son gros cou peu flatté.

Et moi donc, grognait l'ours, cette pesante allure
Conviendrait tout au plus à voisin l'éléphant!   [tant
— Non pas, gardez pour vous! dit l'autre ; j'aime au-
Pieds mignons, longue queue, élégante tournure
    Tels que me les fit la nature ;
Non tels qu'en ce tableau, car on dirait vraiment
(Si j'en excepte l'ours), que, tous tant que nous sommes,
    On nous fit peindre par des hommes !
  Sa boutade fit rire et la cour applaudit,
Discrètement pourtant : le roi n'avait rien dit.
Bref, l'artiste déjà tremblait pour son salaire
    Quand le sire rugit :
  Morbleu! dit-il, secouant sa crinière,
L'insolent barbouilleur se moque-t-il de nous ?
Et Gilles, peu charmé d'un exorde aussi doux,
Détala prudemment sans demander la suite.

Le calme renaissant fit oublier sa fuite ;
Même un nouvel essai fut bientôt projeté.
Cette fois au renard on confia l'affaire.
    Ce renard-là, trop expérimenté
    Pour ne point voir l'erreur de son confrère,
Se proposa surtout de fuir la vérité
Ou de n'en conserver que ce qui pouvait plaire.
    Tout s'embellit sous son adroit pinceau.
    A l'innocence de l'agneau
    La rage du loup fut pareille ;
Le cerf aima son pied jadis si détesté (1);

(1) Allusion à la fable de La Fontaine : *Le Cerf se mirant dans l'eau.* (L.VI, f. 9.)

L'âne vit dérider son visage attristé
  Et raccourcir sa longue oreille;
L'ours devint gracieux, petit-maître, musqué;
  Le dromadaire, au gré de son attente,
Perdit la double tour dont son dos est flanqué,
  Et l'éléphant son allure pesante;
Bref, pour finir d'un trait, un sourire effronté
  Où ne respirait que bonté
  S'épanouit sur la face mouvante
  De sa Majesté rugissante.
Le salaire au renard ne fut point contesté.

FABLE XVIII

Le Canard

Hâtant vers un marais sa marche chancelante,
Un canard balançait sur ses deux pieds boiteux
  Sa masse grossière et pesante,
  Et se chantait cet éloge orgueilleux :
  Heureux canards, peuple chéri des cieux,
  Canards, vrais rois de la nature,
Quel pouvoir vous avez ! Que d'attributs divers !
A moi, quand il me plaît, l'eau, la terre et les airs.
Bipède, oiseau, poisson, sublime créature...

—Ami canard, interrompit quelqu'un,
(Un vieux goujon, si j'en crois ma mémoire),
S'essayer en tout genre est une faible gloire
    Quand on n'excelle dans aucun.
Vous volez, vous marchez, vous nagez : bagatelle!
    Volez-vous comme le faucon|?
    Marchez-vous comme la gazelle?
    Nagez-vous comme le saumon?

Hommes universels dont fourmille la France,
Que j'aimerais vous voir quelque brin d'ignorance!
Bornez-vous; le beaucoup est l'ennemi du bien.
Vous savez tout ; hélas! vous ne savez donc rien!

FABLE XIX

L'Araignée et le Ver à Soie

    Ne pouvant tout approfondir
Dans notre étude au moins tâchons de bien choisir.
    Les œuvres les plus délicates,
Les plus jolis talents, s'ils ne servent à rien,
Méritent-ils l'honneur d'occuper un chrétien?

    Debout sur ses immenses pattes,

L'araignée un matin maudissait les balais
Qui venaient d'entraîner sa toile et ses filets.
      Ah ! que ces hommes sont bizarres !
Mais voyons, franchement, que faut-il penser d'eux
      Et de leurs caprices barbares ?
Voilà mon gros voisin, ce tisserand hideux
Qu'il leur plaît d'honorer du nom de ver à soie ;
      Que produit-il ? De la filasse. Eh bien !
Ils viennent le nourrir, et ma mort fait leur joie ;
Ils aident son ouvrage, ils l'aident, et le mien,
Cent fois plus beau, plus fin, plus souple que le sien,
Ils me le détruiront ! Morbleu, cela me passe !
Le voisin l'entendit. Il ferait beau, dit-il,
      De voir estimer votre fil :
      Eh ! que voulez-vous qu'on en fasse ?

FABLE XX

Le Singe et les deux Chats

Plaidons-le moins possible ; arrangement mauvais
      Vaut mieux, dit-on, que bon procès.

      Deux chats volèrent un fromage ;
Mais unis pour l'attaque, ils ne le furent plus
      Dès qu'ils en vinrent au partage.
Comme bien des vainqueurs ils se seraient battus,

Sans l'intervention d'un certain La Gambade,
Singe de leurs amis, fort rusé camarade,
    Lequel prenant d'un procureur fameux
L'air grave et le bonnet, (moitié de sa science),
Posa ledit fromage, en le coupant en deux,
        Dans les plateaux d'une balance:
Attention, Messieurs, nous ouvrons la séance;
Recevez mon serment : ou j'y perdrai mon nom,
Ou Justice devra se dire satisfaite.
Les bassins de niveau, ce sera chose faite.
Le sont-ils? Les deux chats firent signe que non;
Le plateau droit penchait. Fort bien, j'ai ma recette;
Au bout de mon couteau, dit-il, la voici prête :
Et du fromage, à droite, il tranche un gros quartier
        Qu'il se passe par le gosier.
Eh bien ! poursuivit-il, comment va la balance?
—Elle descend à gauche. — Autre brêche aussitôt
        Qui la fait remonter trop haut,
Sous le nez des plaideurs regardant en silence.
Bref, allégeant ainsi l'un et l'autre plateau,
Le drôle, en quatre coups de langue et de couteau
        Eut dégusté moitié de la pitance.
Bon, voici qui va bien, dirent alors les chats,
        Ne prenez pas plus d'embarras.   [peine.
—Et pourquoi donc? Messieurs, je ne plains point ma
— C'est que.... c'est bien pesé. — Non pas, Messieurs,
        Justice est une souveraine   [non pas;
Rigoureuse, inflexible et je la trahirais
Si j'osais partager ainsi par à peu près.

— Donnez, donnez toujours, monsieur de la Gambade.
— Un instant, je ne puis, je suis trop scrupuleux,
Justice est en bon train. — Soit, reprit l'un des deux,
   Mais le fromage est bien malade.
Le Juge se remit à tailler de son mieux,
Coupant, croquant, toujours par conscience :
   Elle est juste, enfin, la balance!
   S'écrièrent-ils à la fois.
   —C'est vrai! Tirez au sort. —Ah! frère,
Dit l'un des contestants, je te cède le choix.
—Vraiment? répondit l'autre, à présent, belle affaire!
C'est une heure plus tôt qu'il le fallait céder.
Il tend la patte, alors, sans même y regarder;
   Mais La Gambade avait la sienne
Sur l'objet en litige. —Amis, qu'il vous souvienne
Que je me dois justice à moi premièrement.
Combien reste-t-il là de votre proie entière?
Un quart? —C'est tout au plus, Monsieur! — Précisé-
   Il me revient pour mon salaire.   [ment

LIVRE VI

POUR TOUS LES AGES

FABLE Ire.

Le serment du Loup

Les serments sont fort à la mode
Et c'est une raison pour ne s'y fier point;
A qui veut éluder un serment incommode
Prétextes et motifs viennent toujours à point.
Si je voulais à fond vous démontrer ce point,
J'aurais, pour l'appuyer, toute l'histoire ancienne,
      Et même la contemporaine;
Témoin... Mais qu'alliez-vous nous dire à ce propos?

Chut, rimeur imprudent! voulez-vous sans rien
Dire des vérités? Mettez-les sur le dos   [craindre
De quelque pauvre loup qui ne puisse s'en plaindre;
   Vous le savez : les animaux,
Heureusement pour vous n'ont point de tribunaux.

Un loup donc, vieux pillard, vieux gibier de potence,
   Tomba dans un piége et s'y prit.
Le chasseur lui cria d'aussi loin qu'il le vit :
« Eh bien! C'est aujourd'hui qu'on subit la sentence?
— Hélas! dit le captif, triste profession
Que celle où s'égara ma crédule jeunesse,
   Par défaut d'éducation;
Et voilà ce qu'on gagne à renvoyer sans cesse
   Le jour de sa conversion!
Oh! si le ciel, si vous, chargé de sa justice,
Une dernière fois difforiez mon supplice!...
— Eh bien, que ferais-tu? — Dieu! ce que je ferais!
Chiens, poulets et moutons, paisibles créatures
Qui valez mieux que moi, je ne vous toucherais
Que pour vous protéger dans toutes vos injures;
Pâturages fleuris, gazons tendres et frais,
Vous seriez à jamais mon unique pâture!
Tout au plus oserais-je, en buvant au ruisseau,
Avaler, par hasard, quelque habitant de l'eau.
— Franchement? — Je le dis, le promets et le jure
Par mon nom, par les dieux, par toute la nature.
— Vraiment, je suis touché de tes bons sentiments;

Va, pauvre vieux pêcheur, va faire pénitence;
    Mais souviens-toi de tes serments :
    Tu les as sur la conscience. »
Après avoir promis tout ce que l'on voulut
    Et plus encor, maître assassin s'en fut,
S'applaudissant tout bas d'avoir tant d'éloquence.
Mais il n'avait pas fait cent pas, qu'il aperçut
Le cochon du chasseur qui, dans un marécage,
Se vautrait à plein corps : « Oh! oh! dit-il, il nage;
J'en atteste le ciel, il nage! Pour le coup,
    C'est un poisson, ou je ne suis pas loup! »
Il prouva qu'il l'était sans parler davantage.

———————

FABLE II

Le Papillon et la Chenille

    Ciel! que vois-je là qui se traîne?
Disait un papillon; cela remue à peine :
Une chenille, fi! Boue et fange à moitié,
    Cela fait horreur et pitié!
La chenille reprit : Dans ton orgueil extrême,
Toi mon égal hier, as-tu donc oublié
Que ton père a rampé, que tu rampas toi-même,

Que tes fils ramperont bientôt ?
Malgré tes ailes d'or tu n'es qu'une chenille,
Et je te trouve aussi lâche que sot
Quand je te vois renier ta famille.

FABLE III

La chute du Chêne

On abattait un vaste chêne.
Aux gémissements sourds que poussait le blessé
Certain chardon hargneux et hérissé
Applaudissait, plein d'envie et de haine.
Une autre plante encor ne s'en affligeait pas
Et même en jouissait tout bas ;
C'était un muguet ; (il est triste
De surprendre une fleur de poète et d'artiste
Faisant chorus avec fleur de baudet ;
Mais la nature est ainsi faite
Et l'envie est souvent un vice de poète.)
De ces deux nains aucun ne regardait
Que le chêne portait un nid de tourterelle,
Qu'en nombreuses tribus la mousse y résidait,
Qu'il servait au lierre d'échelle

Et de théâtre au rossignol.
   Enfin le géant qui chancelle
S'abat tout d'une pièce et fait trembler le sol.
  Mais en tombant ses branches rencontrèrent
  Notre chardon et l'écrasèrent.
Quant au muguet, privé d'ombrage, il dépérit
  Et plus jamais ne refleurit.

A la chute des grands les petits applaudissent
Toujours ; toujours aussi les petits en pâtissent.
Le vrai sage, humble ou grand, qui voit souffrir autrui ,
Ne peut que s'attendrir et souffrir avec lui.

FABLE IV

Le Chardon et la Rose

Un chardon, la terreur des champs,
Se chauffait au soleil, fort à l'aise, et pour cause :
Nul n'était soucieux de lui serrer les flancs.
Sur un buisson voisin fleurissait une rose,
  Chacun en passant l'admirait ;
Seul mon gros égoïste, envieux, murmurait :

Qu'a-t-elle donc la péronnelle,
Qui fait qu'on la trouve si belle ?
Elle a des piquants ? Dieu merci,
Nous en avons pour le moins autànt qu'elle !
— Je ne le sais que trop, lui dit un vieux Souci ;
Mais cette ressemblance avec mademoiselle
Ne vous rend pas meilleur, je le sais trop aussi.
Si vous voulez imiter l'églantine,
Prenez lui ses couleurs, laissez-lui son épine.

FABLE V

La Chatte emprisonnée

Mihaho ! mihaho ! — Tiens ! n'est-ce pas Blanchette
Qui remplit de ses cris la fenêtre là-haut ?   [vrette ?
Oui, Gros-Minet, c'est moi ! — Qu'as-tu donc, ma pau-
— Hélas ! je suis à jeûn depuis deux jours bientôt !
— A jeûn, certe, on comprend que tu sois désolée...
Mais, Blanchette, à jeûn toi qu'on dit si cajolée !
— Ecoute, Gros-Minet ! Pour maîtresse, ou plutôt
Pour servante longtemps j'eus une vieille fille
A qui je tenais lieu moi seule de famille,

Qui sur un tabouret près du feu m'installait,
M'appelait son enfant en me sucrant mon lait,
Me prodiguait gâteaux, bonbons et crêmes fines
Et jamais au rôti ne mordait qu'après moi.
Je pleure d'y penser ! — Peste ! il y a de quoi,
Répliqua Gros-Minet se léchant les babines ;
    Mais ce paradis des cuisines
    Serait-il donc perdu pour toi ?
— Mon cher, c'était trop beau pour durer. Elle est
  La bonne dame ; on a fermé sa porte   [morte,
  Et moi dedans ! — Oh ! oh ! quel désarroi !
La situation dépeinte tout à l'heure
  Me semblait à coup sûr meilleure.
Mais tout n'est pas perdu. Voyons, comme autrefois,
  Grimpe au grenier, cours aux gouttières ;
  Il est encor du gibier sur les toits.
    —Oui, dit Blanchette, je le crois,
    Mais je n'ai plus les mœurs guerrières
Et de moi se riront les rats et les souris.
—Alors, grimpe aux placards ; vois sur les étagères
Si l'on n'a pas laissé par là quelques débris.
—Les placards sont trop hauts ! — Eh bien ! par la fe-
  Saute ! j'ai là certain morceau de lard   [nêtre
Dont je te donnerai volontiers une part.
—Je n'ose... — Et pourquoi donc? —J'ai peur...j'aurais
    Un membre ou deux d'estropiés...   [peut-être
—Ah! bah! un chat toujours retombe sur ses pieds !

— Oui, mais pas une chatte aussi ronde, aussi grasse,
Aussi lourde que moi ! je ne sais plus sauter.
C'est fini, Gros-Minet ! Adieu, je te rends grâce ;
Mais contre le trépas je renonce à lutter.

Gros-Minet tristement s'éloigna. Quel dommage !
Dit-il ; cette Blanchette à qui, dans son jeune âge,
    J'ai connu des jarrets d'acier !
Ce que c'est que de nous lorsque par l'esclavage
Ou par l'oisiveté nous nous laissons rouiller !

FABLE VI

Le torrent et le Ruisseau

Fils des neiges d'hiver, un torrent des montagnes,
Comme un tonnerre sourd, aux plaines descendait.
Le bruit de son approche effrayait les campagnes ;
Au loin en flots jaunis sa fureur débordait.

    Entre deux rives de verdure,
    Etroit et paisible canal,
    Une fontaine claire et pure
    Suivait son cours toujours égal.

Le torrent sur les prés roulait d'arides sables,
Il creusait en ravins les fertiles sillons ;
Les bœufs qu'il n'avait point noyés dans les étables,
Luttaient en mugissant contre les tourbillons.

Le ruisseau baignait sa prairie,
Sans jamais la bouleverser ;
Sur des arches d'herbe fleurie
L'insecte pouvait le passer.

Vois, grondait le torrent, vois comme tout me cède,
Quand nul ne daigne ici se détourner pour toi.
Le désespoir me suit, la terreur me précède,
Et dans l'histoire, un jour, on parlera de moi.

Seigneur, dit la source modeste,
On maudira votre pouvoir ;
Votre renom sera funeste,
J'aime encor mieux n'en point avoir.

FABLE VII

Le Pommier

Un pommier se plaignait à des enfants : Pourquoi
Ne vient-on plus goûter et jouer près de moi
Comme jadis ? Eh ! dit un des petits bons hommes,
    Pourquoi n'avez-vous plus de pommes ?

C'est notre histoire à tous. Gouvernements déchus,
    Vieux députés non réélus,
    Vieux riches ruinés, nous sommes
Des pommiers récoltés ; hélas ! et rien de plus.

FABLE VIII

Les trois Etourneaux

Au plus fort de l'été, dans une aride plaine,
Trois étourneaux à jeûn rencontrèrent un jour
Certaine cruche d'eau, mais d'un étroit contour,
    Et seulement à moitié pleine.

Battant de l'aile auprès, haletants, hors d'haleine,
Ils la boivent des yeux, en font vingt fois le tour.
Mais que faire du bec pour jouir de l'aubaine ?
Car, à boire des yeux, le gosier reste sec.
L'un veut briser la cruche et s'y brise le bec ;
L'autre la renverser et succombe à la peine ;
    Le troisième, sans fougue vaine,
    Y jette de petits cailloux.
L'eau monte et seul des trois à son aise il peut boire.

Etourneaux, étourneaux qui lisez cette histoire,
Ce n'est point pour oiseaux qu'on l'écrit, c'est pour
    C'est à vous qu'il s'agit d'apprendre   [vous.
Que, tout en agissant, il faut savoir attendre.

FABLE IX

L'Agneau et la Chèvre

« Ma mère ! j'ai perdu ma mère !
Criait un agneau seul, errant.
Brebis, moutons, le laissaient faire
Craignant de perdre un coup de dent.

— Ta mère, où donc l'as-tu perdue ?
Dit une chèvre s'approchant.
— Hélas ! sur un char je l'ai vue,
Les pieds liés par un méchant.

Eh bien! répliqua la chevrette,
Suis-moi, pauvre enfant malheureux;
Voici mon chevreau que j'allaite,
Mais j'aurai bien du lait pour deux. »

C'est ainsi qu'un agneau timide,
Devint l'ami, le commensal
D'un jeune bouc vif, intrépide,
Qu'il suivait d'un pas inégal.

Lorsqu'il fut grand, ceux de sa race
Jugeant qu'il leur ferait honneur,
Voulurent lui rendre sa place,
Et le rappelaient comme leur :

— Eh quoi ! peux-tu voir des semblables
Parmi ces grimpantes tribus,
Fronts cornus comme fronts de diables,
Pieds fourchus et mentons barbus?

Laisse-les sur les pics sauvages
Où toujours ils sont accrochés;
Toi, rentre en nos gras pâturages;
Tu n'es pas fait pour les rochers.

L'agneau leur dit : Bien qu'on en rie,
Leur nom dans mon cœur est gravé;
Car mes vrais parents, ma patrie,
Ce sont ceux qui m'ont élevé.

FABLE X

La Mouche et le Bœuf

S'arroger sottement une fausse importance
Chez les mouches, dit-on, c'est un travers peu neuf,
   Surtout chez les mouches de France.
Comment cela ?... cherchez : je hais la médisance.

Une mouche collée à l'oreille d'un bœuf
Lui criait : Pauvre bœuf, je sens que je te pèse !
Je te vois essoufflé, tout en nage, fumant !
   Mais j'ai dû m'asseoir un moment.
Pardonne-moi ; bientôt je vais te mettre à l'aise ;
Je n'abuserai point, prends patience ; va !
   Ah ! dit le bœuf, vous étiez là !

FABLE XI

Le Castor sauveteur

Un vieux castor retiré des affaires
  Se délassait de ses anciens travaux
Par un utile emploi de ses loisirs nouveaux.
Ses voisins largement usaient de ses lumières ;

6

Bien souvent même on les vit recourir
A ses pieds aussi prompts à nager qu'à courir,
    A ses dents en scie aiguisées,
A sa queue écailleuse, habile gouvernail,
A ses provisions, ses richesses puisées
    Aux sources pures du travail.
Bref, la rive du fleuve où s'élevait sa hutte
    Etait semée au loin de ses bienfaits.

L'été régnait. Le jour, alors près de sa chute,
Avait été brûlant, le ciel lourd, l'air épais.
Notre bon philosophe admirait des nuages
Qui montaient menaçants, livides, gros d'orages.
    Déjà de longs frémissements
Commençaient à courir sur les flots écumants ;
Lorsque deux animaux, deux naufragés sans doute,
Au sein du fleuve ému qui s'enflait par degrés,
Parurent, battant l'onde à coups désespérés
Et criant au secours. Le castor qui n'écoute
    Que son bon cœur, pique une tête et part,
    Ne craignant rien que d'arriver trop tard :
Me voici, tenez bon ; courage, amis, courage !
L'un des deux appelants venait de s'engloutir.
Le castor pousse droit à celui qui surnage.
Avec sa patte gauche il allait le saisir ;
    Mais sa surprise fut extrême
De le voir s'enfoncer, et l'autre, au moment même,
A droite, un peu plus loin, surgir. Notre castor
S'élance à ce dernier, le suit, le perd encor

Et voit le premier reparaître.
C'était à n'y plus rien comprendre. Haletant,
Plein d'une anxiété dont il n'est plus le maître :
Maladroit que je suis, dit-il, je ferai tant
   Qu'en m'obstinant à leur double poursuite
   Je n'en pourrai sauver aucun!
A ces mots, s'attachant à n'en atteindre qu'un,
Au fond du lit du fleuve il descend à sa suite.
Mais ô déception! Au lieu d'un corps transi,
Inerte, asphyxié qu'il croit saisir, voici
Qu'il trouve un animal vif, sémillant, alerte,
Et reçoit en plein nez un coup de griffe ouverte.
   Ah! le tour était odieux!
   Tant d'efforts si laborieux
Avaient eu pour objet un confrère amphibie,
Une loutre aussi forte à la nage que lui!
Il retourne, indigné de tant d'effronterie,
A l'autre naufragé : c'est une loutre aussi!
   Et déjà les deux mauvais drôles
Fendant l'onde sans bruit, à mouvements égaux,
Accablent notre ami d'ironiques bravos :
Bravo! comme il est beau dans ses différents rôles,
   De candidat perpétuel
Au prix Monthyon! Monsieur, plongez donc : nul
Qu'il est force poissons en danger éternel   [n'ignore
De se noyer ici; plongez, plongez encore!

Sur le chemin du bien rencontrant des ingrats
Plus d'un courage hésite et revient sur ses pas.

Notre ami tristement regagnait ses pénates :
Quoi ! n'est-ce pas assez de m'essouffler pour rien ?
Je tourne au ridicule, on me bafoue ; eh bien,
Merci de la leçon, mes loutres scélérates !
    Je veux, à dater d'aujourd'hui,
    Je veux perdre mes quatre pattes
Si j'en emploie un ongle au service d'autrui !
Mes amis, mes parents, mes voisins : que m'importe ?
    Chacun pour soi !
Je n'ai pas besoin d'eux ; qu'ils se passent de moi !
Il dit, rentre en son gîte et referme sa porte.

    Pendant ce temps la nuit s'épaisissait
    Et l'ouragan présagé tout à l'heure
    Dans les cieux profonds mugissait.
Le castor, bien tranquille au fond de sa demeure,
Ecoutait le fracas du tonnerre et des flots,
Quand tout à coup, sortant de l'ombre extérieure,
Un long cri déchirant vint troubler son repos.

    D'instinct le castor se redresse :
Quel est ce cri ? Sans doute une plainte du vent....
Non, non, je m'y connais, c'est d'un être vivant ;
Le voici répété ; c'est un cri de détresse ;
J'y cours !... Mais, à propos, qui donc me répondra
    Que ce n'est pas quelque loutre nouvelle ?...
    Tant pis, qu'il soit ce qu'il voudra ;
J'en ai fait le serment et je le renouvelle :

Chacun pour soi ;
Je n'ai pas besoin d'eux ; qu'ils se passent de moi !

A moitié convaincu par ce lâche sophisme,
    Dans un implacable égoïsme
  Il s'enferma, s'allongeant de son mieux
  Et se bouchant les oreilles, les yeux.
Il invoquait l'oubli que le sommeil dispense ;
    Et le sommeil, frère de l'innocence,
     Se refusait à son appel.
Mais bientôt put cesser ce combat criminel
    Qu'il soutenait contre lui-même,
Car les voix du dehors allaient s'affaiblissant.
  Un dernier cri, plus aigu, plus perçant,
    Un cri de détresse suprême
    Des vagues domina le bruit ;
Puis plus rien : le vent seul mugissait dans la nuit.

Après tout ce tumulte une aurore charmante
    Le lendemain rayonna sous les cieux.
     La nature est bonne et clémente ;
     C'est un enfant capricieux
Peu fait pour les longs pleurs et qui, lorsqu'il s'éveille,
N'a plus le souvenir des fureurs de la veille.
L'air s'était apaisé ; dans le calme des eaux
Le courant seul courbait la pointe des roseaux.
La pluie avait chargé de diamants liquides
Les arbres de la rive où chantaient les oiseaux ;
Et se levant tout rouge entre les troncs humides,

Sur le fleuve aplani l'astre du jour lançait
De longs traits enflammés où le flot se berçait.

Friand de flânerie aux heures matinales
   Notre castor humait l'air embaumé
Et contemplait le temps en connaisseur charmé.
Soudain, parmi les joncs, les herbes fluviales,
Un tout autre spectacle attira son regard :
Deux cadavres flottaient ballottés au hasard ;
C'étaient deux écureuils, enfants du voisinage,
Deux gentils écureuils que lui-même vingt fois
   Avait admirés dans les bois.
   Tombés d'un arbre du rivage,
Ils étaient là tous deux gonflés, raides, glacés,
Morts faute de secours au milieu de l'orage,
   Morts en se tenant embrassés.
Arrière les serments dictés par les rancunes !
S'écria le castor ; oui, désormais je veux
M'exposer à servir cent fausses infortunes,
Plutôt qu'à repousser un seul vrai malheureux !

FABLE XII

L'Innocence et le Repentir

L'Innocence, dit-on, perdit sa blanche robe ;
    Quand elle vient à s'endormir
Le noir démon parfois la lui dérobe.
Confuse et ne pouvant plus se voir sans rougir,
    Dès le même jour l'Innocence
Vint la redemander, mais sans rien obtenir,
Au Travail, à l'Aumône, au Jeûne, à l'Abstinence :
Un seul put la lui rendre, et c'est le Repentir.

FABLE XIII

La Justice et le Repentir

   — Pourquoi, Justice vengeresse,
Dieu te fit-il boîteuse et prompte à te lasser ?
   — C'est, dit la terrible déesse,
Pour que le Repentir puisse me devancer.

FABLE XIV

Le Ruisseau

Egaré loin de ta source,
Où vas-tu, petit ruisseau?
Tu naquis sur le coteau:
Mais précipitant ta course,
Tu le quittes, tu t'enfuis,
Et sur ses flancs que tu suis,
Rien n'arrête ou ne ramène
Tes flots que la pente entraîne,
Flots pour jamais descendus.
Cependant, roulant à peine,
Que d'objets inattendus
Tu rencontres dans la plaine!
Et même au sein de tes eaux
Quels aspects toujours nouveaux!
Tantôt lent, tantôt rapide,
Chargé d'écume ou limpide,
Murmurant, silencieux;
Là baignant un sable aride,
Là des prés délicieux;
Plus loin sous de frais ombrages,
Puis entre deux rocs sauvages,
Puis réfléchissant les cieux.

Mais, quelle que soit ta rive,
Vers la mer où tout arrive,
Tu descends, tu vas toujours.
Ah ! sans songer à mes jours,
De ton onde fugitive,
Ruisseau, puis-je voir le cours ?
Tel, sur le penchant de l'âge.
L'homme sans cesse emporté
Glisse vers l'éternité :
C'est le terme du voyage.
Aux bords fuyants du rivage
Pourquoi donc nous arrêter?
Pourquoi nous inquiéter
Des accidents du voyage
Plus que toi, petit ruisseau?
Chaque flot qui nous emporte
Nous montre un objet nouveau;
Chaque vague nous apporte
Heureux ou triste avenir ;
Nous passons : que nous importe?
Nous passons sans revenir.

FABLE XV

Le Mulet et le Chameau

Compagnon d'un mulet, un docile chameau
S'était agenouillé pour recevoir sa charge.
Un mulet regimba, voulut prendre le large ;
    Il n'en eut pas moins son fardeau ;
Plus, il eut du bâton, double et triple décharge.
    Ah ! que ne suis-je le plus fort !
Dit-il entre ses dents ; mais, voisin, notre sort
Te semble donc bien doux que tu viens, sur un signe,
Devant notre tyran courber ton dos indigne ?
Le chameau répondit : Hélas ! pas plus que toi
Je n'aime les fardeaux dont l'homme nous accable ;
Mais dès lors que nous frappe un mal inévitable,
    Résignons-nous, c'est le meilleur, crois-moi.

FABLE XVI

Le Rat de grenier et le Rat de cave

Echappé d'un caveau, berceau de son jeune âge,
Un rat, au petit trot, montait un escalier.
Un autre au même instant descendait du grenier ;
Tous les deux, nez à nez, dans le premier étage,

Se rencontrèrent au passage.

« Bonjour, voisin.—Bonjour.—Où portez-vous vos pas?

—Je ne sais ; j'allais voir les régions d'en bas.

—Moi, j'en viens.—De la cave ?—Eh oui!—Feu mon

(Le ciel lui fasse paix!) y maria son frère. [grand-père

— Depuis quand? — Cent soleils, un siècle, pour vous

[plaire.

—Mais c'était mon aïeul.—Oh bien! embrassons-nous,

Et Dieu sauve des chats tous les vôtres et vous !

Ici, pied contre pied, moustache sur moustache ;

Après quoi, mais toujours en causant sans relâche,

   Nos deux cousins furent voir le grenier

Où le maître du lieu, demeurant en arrière,

    Fit entrer l'autre le premier.

    Il lui montra tout le quartier.

Charpentes, œil-de-bœuf d'où jaillit la lumière,

Ses magasins de vivres et son domaine entier.

    Puis on dîna. L'après-dînée,

On s'en vint à la cave achever la journée.

L'habitant du grenier n'en fut point enchanté.

   Fi ! dit-il, quelle obscurité !

Quel trou! Quel puits! Mais plus je l'examine,

  Et moins j'en puis croire mes yeux;

  Toi, mon cousin, toi de même origine,

Que tu te trouves bien dans ce réduit affreux!...

   —Moi, reprit l'hôte ténébreux,

Cousin, je n'osais te le dire,

Mais dans ton séjour lumineux
Le jour, le bruit du vent, l'air vif qu'on y respire
  Me fatiguaient. C'est ici mon empire;
  Tout m'est connu, tout m'est cher en ces lieux
  Et désormais je leur reste fidèle.
  Vois-tu, cousin, le bonheur peut régner
    Au bas comme au haut de l'échelle
Et l'on vit à la cave aussi bien qu'au grenier.

FABLE XVII

Mouflard

Mouflard était chien de berger.
Du travail, du pain noir, les caresses du maître,
  C'était son lot, lot modeste peut-être,
Mais lot sans grand tracas et, qu'à le bien juger,
Un vrai sage jamais n'eût désiré changer.
Il vivait bien portant, vigoureux, frais et leste,
Aimant ce qu'il avait, ne songeant point au reste ;
Bref, heureux comme un roi, posé pourtant qu'un roi
  Soit plus heureux que le reste des hommes,
    Ce dont je doute, quant à moi,
    Au moins pour le temps où nous sommes.

Or, un matin, tout auprès de Mouflard,
De chiens courants passe une meute ardente.
Caché dans le taillis, un daim se lève et part ;
La meute sent la piste et s'élance aboyante
Et, des éclats du cor ébranlant les forêts,
De brillants cavaliers suivent comme des traits.
Mouflard tout ébloui les voit d'un œil d'envie ;
Il demeure pensif, il est triste, il s'ennuie ;
    Il ne dort plus, il rêve gloire et bruit.
      Le berger, craignant pour sa vie,
N'espère plus guérir l'humeur qui le poursuit
      Qu'en le faisant changer de place
      Ou plutôt de condition.
Il l'aimait, il pleura la séparation ;
Mais c'était pour son bien : tendrement il l'embrasse,
      Puis il le donne au garde-chasse,
      Gouverneur des bois du château.
Voilà Mouflard chasseur, de gardien de troupeau.
Chasseur ? me direz-vous. Comment cela, de grâce ?
    Chien né gardien ne meurt-il pas gardien ?
Pour changer de métier changea-t-il donc de race ?
Comment ? je l'avoûrai, ce comment m'embarrasse,
Mais le fait est certain, n'importe ; notre chien
Fut excellent chasseur. Chéri du garde-chasse,
Avec lui, dès l'aurore, il battait la forêt,
Fatigué bien souvent, mais faisant chère grasse ;
Et puis, combien d'objets sans cesse il découvrait
      Qu'auparavant il ignorait !

C'était bien, si Mouflard n'eût vu que ses affaires ;
Mais il remarqua trop d'autres chiens, ses confrères,
Mieux peignés, plus luisants et rentrant au château,
   Tandis que lui, simple chien du hameau,
Allait coucher au foin : humble et triste habitude !
   Nouveaux désirs, nouvelle inquiétude ;
Par suite, changement. Touché de sa douleur,
Le garde-chasse en fit présent à son seigneur.
Mouflard pouvait enfin mener heureuse vie :
Il eut un beau chenil, une table choisie,
Sans compter un valet, chargé de le servir.
Mais voici de nouveau d'autres chiens qu'il envie,
Levrettes, épagneuls, mignons de compagnie,
Qui viennent près de lui folâtrer et courir,
   Sans nul travail que de se réjouir,
Que de plaire à Monsieur, que d'amuser Madame.
Pour cette fois, Mouflard resta la mort dans l'âme ;
   On avait assez fait pour lui.
   Puis, délivré de ce dernier ennui,
Nul rêve n'eût-il plus interrompu son somme ?
Je n'en crois rien, le chien ressemble à l'homme :
   Dès qu'il donne l'essor à son ambition.

    Je vois, j'entends force utopistes,
    Parés du nom d'économistes,
Compter sur le progrès et sur l'instruction
Pour doter à la fin notre pauvre planète
    D'une félicité parfaite.

Parfaite, c'est beaucoup. J'admets bien que plus tard
Le bien-être pourra grandir; mais belle avance,
  Si nous sentons, comme l'ami Mouflard,
Nos désirs, nos besoins croître avec notre aisance !
Le bonheur est en nous, ne cherchons pas ailleurs.
L'homme heureux c'est celui qui croit l'être et, de même,
Qui se croit malheureux sent de réels malheurs.
    Quand on n'a pas ce que l'on aime,
    Il faut aimer ce que l'on a.
Rendons, rendons d'abord le pauvre prolétaire,
  Heureux du peu que le ciel lui donna;
C'est le premier moyen d'adoucir sa misère.
Il est vrai que jamais système humanitaire
Par ses propres vertus n'atteindra jusques-là.
    Il en faut d'autres pour cela :
Il faut montrer le ciel à qui se plaint sur terre!

FABLE XVIII

Les deux Pauvres

Dorante, gros banquier, disait
A son barbier, qui le rasait :
Non, mon château n'est pas commode,
Mon coupé n'est plus à la mode,

J'ai peu de gibier dans mes bois ;
Encor, si je pouvais m'étendre
Chez le voisin ! Mais non, je vois
Qu'il a juré de ne plus vendre,
Quand même j'y mets un prix fou.
Le barbier répliqua : Pauvre monsieur Dorante !
Nous nous valons : je suis un pauvre sans le sou,
Et vous un pauvre avec cent mille écus de rente !

FABLE XIX

Le Chasseur et son Chien

« Tayaut, Tayaut ! Attrape, attrape ! »
C'est ainsi qu'un matin on entendait crier
Un chasseur envoyant son chien dans un hallier
    D'où sort un lièvre qui s'échappe.   [Tayaut ! »
« Cherche bien, cherche encor, cherche, mon bon
Le chien trouve la piste et s'élance aussitôt,
Nez par terre, aboyant, frétillant de la queue,
    Trouant buisson, sautant ruisseau ;
    Se déchirant patte et museau :
    Il fait ainsi plus d'une lieue.

    Enfin, son lièvre, il le tenait,
    Il venait de l'étrangler net.

Et triomphant, hurlant de joie,
S'apprêtait à se régaler ;
Mais voici le chasseur : « Tayaut, lâche la proie !
A bas, gourmand, à bas ! » Cravache de siffler
Et, hurlant de douleur, Tayaut de détaler.

Pauvres humains, c'est bien là notre histoire !
Se dit un laboureur qui les considérait ;
Ainsi par monts, par vaux, sans aucun temps d'arrêt,
Nous poursuivons la fortune ou la gloire ;
Puis de tant de travaux quand nous sommes au bout,
La mort arrive et nous prend tout.

FABLE XX

La Montre

« Bah ! quand on est mort tout est mort !
Ame et corps ne font qu'un ; ils ont le même sort. »
Voilà ce qu'on entend dans le siècle où nous sommes
Et là-dessus on voit des gens civilisés
          Et baptisés
Se faire ensevelir, non plus comme des hommes
Au seuil d'une autre vie avec joie arrivés,
    Mais bien comme des chiens crevés !

On nomme les prôneurs de ces fières sottises
    Libres penseurs ; me dira-t-on pourquoi ?
Libres, ils ne le sont ni de leurs convoitises,
Ni du respect humain, qui chez eux fait la loi,
      Ni des sociétés secrètes ;
      Penseurs, ils ne pensent à rien
Qu'à boire, qu'à manger et qu'à s'amuser bien,
    Exactement comme des bêtes.
      Ah ! libres penseurs que vous êtes,
      Vous vous rendez justice, allez,
Par les enterrements *civils* que vous vous faites,
Si vils qu'ils valent juste autant que vous valez !
Vous libres, vous penseurs ! Messieurs, c'est trop d'au-
Et vous mériteriez qu'on vous jette à la face   [dace,
Le nom dont vous marqua jadis, en bon latin,
      Horace, ce vieux libertin
      Qui vous traitait sans flatterie,
Bien que lui-même fût de votre confrérie (1).
Oui, oui, votre pensée et votre liberté
(Si ce n'était trop loin pousser la cruauté,)
Je vous les montrerais sous la graisse joyeuse
De certain philosophe à la robe soyeuse,
A la queue en trompette,.. et qui, s'il réfléchit
      Au grand problème de la vie,
« Courte et bonne ! » dit-il, et cela lui suffit,
Jusqu'à ce qu'un boucher... Mais pardon, je m'oublie,
      Je voulais vous faire un récit.

(1) *Epicuri de grege porcus,* **pourceau du troupeau d'Epicure.**

Un bon magister de village
Expliquait, au moyen d'une frappante image,
Comment l'âme et le corps, bien qu'ensemble logeant,
    Ne sont pas une même chose.
Tirant sa vieille montre, une montre d'argent,
    Montre de gros calibre, il l'étale et la pose
Dans le creux de sa main ouverte et sous les yeux
Des écoliers qui tous viennent voir, curieux.
    Le bonhomme ensuite demande
    Aux plus rapprochés de la bande :
 Qu'observez-vous, mes amis, dans ma main?
La montre fait tic-tac, dit le premier bambin;
La montre fait tic-tac, ajoute le deuxième;
La montre fait tic-tac, répète le troisième,
    Et chacun de même à son rang.
    Alors le maître séparant
    Le mouvement d'avec la boîte,
Tient l'un dans sa main gauche et l'autre dans sa
  « Voyons encor; devinez, mes enfants;   [droite :
De quel côté se trouve en ce moment la montre?
— Du côté du tic-tac, s'exclament triomphants
  Tous nos marmots, et du doigt chacun montre
Le mouvement et non la boîte. — Et supposez
Que la boîte se brise en fragments écrasés...
—La montre ira toujours.—Quoi! sans son enveloppe?
— Evidemment, Monsieur, l'enveloppe n'est rien.
—C'est comme notre corps, conclut le maître; eh bien,
    Est-il besoin que je vous développe

Le sens de ma comparaison?
—Non! dirent les enfants dont la jeune raison
Rayonnait par leurs yeux, comme une vive flamme,
Maître, nous comprenons et la distinction
Et l'immortalité de l'âme.

LIVRE VII

—

POUR TOUS LES AGES

—

FABLE Iʳᵉ

Les Tourterelles, la Pie et l'Autour

On était au printemps. Deux jeunes tourterelles
Egayaient de leurs jeux les pelouses nouvelles.
Tantôt elles couraient sur les bords d'un ruisseau,
Fuyaient pour se poursuivre et se baignaient dans
[l'eau.
Tantôt elles volaient ensemble aux mêmes branches,
Joignaient en roucoulant leurs cous, leurs têtes
[blanches

Et, d'un bec délicat se lissant tour à tour,
Longtemps l'une de l'autre ajustaient la parure.
Dans un nid de rameaux, tressé sous la verdure,
L'une pondit deux œufs du plus charmant contour,
Deux œufs que deux petits entr'ouvrirent un jour.
L'heureux couple admirait, d'un œil plein de ten-
Croître de leur duvet la moëlleuse finesse.   dresse,

Non loin de là vivait un oiseau qui parfois
Avait vu leurs ébats en passant par le bois.
      C'était une commère pie,
Bonne personne au fond, sans basse jalousie,
Et qui leur eût rendu service de grand cœur,
      Mais qui parlait trop, par malheur.
Un autour vint la voir, perfide personnage.
      Après les compliments d'usage,
Sur les nids du quartier il tourna l'entretien.
L'imprudente causa, sans se douter de rien :
      On l'écoutait, que faut-il davantage ?
      Tous les oiseaux du voisinage
Passèrent par son bec, aucun qui n'eût sa part ;
Du bien sur quelques-uns, du mal sur la plupart.
Elle n'eut que du bien pour notre doux ménage,
Exalta leurs vertus, leur nid simple et sans art,
A droite du ruisseau, tout aux bords du bocage,
Au sommet le plus haut d'un chêne au vert feuillage ;
Surtout elle vanta leurs petits déjà grands
Et qui seraient un jour plus beaux que les parents.

L'autour en eut assez ; la peinture achevée,
  Il salua brusquement et sortit.

    Cependant c'était fête au nid,
Jour du premier essor de la jeune couvée,
    Jour mémorable et solennel.
D'abord, peu confiants dans leurs forces nouvelles,
Les deux pieds sur le nid, ils battirent des ailes.
Puis, à bonds inégaux, sur l'arbre paternel
Ils sautaient, trébuchaient ; leur mère, tendre guide,
Volait au-devant d'eux, aidait le plus timide.
Déjà, plus aguerris, ils avaient fait deux fois,
Non sans se reposer, tout le tour du grand chêne ;
    Ils allaient sortir de leur bois.
Penché sur un sapin de la forêt prochaine,
Le père regardait à travers les rameaux,
Pour voir venir de loin ses jeunes tourtereaux.
    Comme il jouissait à l'avance !
Comme son cœur battait de joie et d'espérance !
Garde, oh ! garde longtemps, pauvre oiseau, cet espoir ;
Tu l'apprendras trop tôt : tu ne dois plus les voir !

Au milieu d'eux paraît l'autour ; la tourterelle
Pousse un cri ; les petits se jettent sous son aile.
    Elle les couvre de son corps.
Mais qu'était son amour contre l'horrible serre ?
    Elle ne put que périr la première,
Et l'arbre fut bientôt rougi du sang des morts.

Survint la pie alors ; d'horreur elle s'arrête :
Que vois-je ? ô juste ciel! Monstre, qu'avez-vous fait ?
— C'est votre ouvrage. — A moi, moi ce lâche forfait,
Moi qui fus leur amie ! — Une amie indiscrète.

FABLE II

Les deux Ailes

Que ne puis-je monter avec les hirondelles!
S'écriait un enfant; j'irais, j'irais comme elles,
Plus haut, toujours plus haut, jusqu'au fond du ciel
Jusqu'à la porte d'or de la gloire éternelle !   [bleu,
Sa mère l'entendit formuler ce beau vœu :
    Si c'est pour t'approcher de Dieu
    Que tu soupires, lui dit-elle,
Va, prends un libre essor, mon fils; car tu le peux.
—Moi? répondit l'enfant, mais de ces hirondelles
    Il faudrait que j'eusse les ailes...
—Tu les as, mon enfant, tu les a toutes deux.
—Quoi! j'ai deux ailes, moi, pour m'élever de terre,
Deux ailes pour voler au céleste séjour!
    —Oui, toi-même, ajouta la mère :
L'une c'est la Prière et l'autre c'est l'Amour.

FABLE III

Les six francs d'André

Le jeune André reçut de ses parents,
   Sous la condition expresse
Qu'il la dépenserait, la somme de six francs.
Son père désirait éprouver sa sagesse ;
On va voir dans quel but. Six francs ! disait André,
Trois, quatre, cinq, six francs : je suis millionnaire ;
Mon Dieu, de tant d'argent, que vais-je donc bien faire ?
Acheter du bonbon ?... Une fois dévoré,
Bonsoir, on n'a rien eu du tout, ou c'est tout comme.
Je sais : j'achèterai des cigares, un *stick* (1),
Un lorgnon : ah ! voilà ce qu'on nomme du *chic !*
   Je fumerai, je ferai l'homme !
Comme mon grand cousin, le dandy Frédéric :
« Garçon, un bock ! dirai-je en frappant sur la table ;
« Un autre ! celui-ci, garçon, est détestable ! »
Mais non... papa m'a dit qu'il faut rester enfant,
Que c'est là le bel âge ; il dit vrai, car, j'y pense,
Les grands ont des soucis qu'ignore notre enfance ;
J'en devine un déjà : les questions d'argent.

_____

(1) Canne ou *badine*, mot anglais francisé.

Mais, à propos, papa... tiens ! j'y cours... la voiture
Que tu veux acheter, papa, je t'en conjure,
Laisse-moi te l'offrir ! Ne ris pas ; c'est de bon :
Regarde mes six francs ! — Merci, répond le père,
Riant de plus en plus ; oui, pour l'intention
Merci ; mais ma voiture est une grosse affaire
    Pour tes six francs. — Enfin, papa, que faire ?
      S'écria l'enfant soucieux ;
    Faut-il jeter ma bourse à la rivière ?
    Le père alors, d'un air plus sérieux :
    N'as-tu, mon fils, aucune souvenance
De ce qu'à ta maman j'ai conté devant toi,
Du Souverain-Pontife et de son indigence
Et de tant de chrétiens qui souffrent pour la foi ?
    Toi-même hier tu lisais près de moi
      Un cahier de la *Sainte-Enfance...*
Et cette pauvre femme au vêtement tout noir,
Chez qui te conduisit ta mère l'autre soir,
As-tu donc oublié sa profonde misère
Et de ses orphelins le touchant désespoir ?
André resta pensif ; puis, embrassant son père :
Papa, je t'ai compris : tu vas le voir, j'espère ;
Ecoute bien : un franc pour les petits Chinois,
    Un pour le denier de saint Pierre,
Un pour les exilés Bernois ou Berlinois,
Et pour la pauvre veuve enfin les derniers trois.
Le père était heureux de voir, dès le jeune âge,
Son fils s'associer, en faisant ce partage,

Aux luttes de la vérité,
Aux douceurs de la charité,
Et vivre de la vie énergique, immortelle,
De ce grand corps qu'on nomme Eglise universelle.

FABLE IV

Champignons et Romans

« Non, il faut tout connaître et juger par soi-même.
Vous parlez de poison? Je n'en ai nul souci ;
Dès qu'une chose est belle, elle est bonne, et je l'aime.
D'ailleurs, j'ai l'estomac solide, Dieu merci! »
Ainsi parlait Lucile, ainsi parlait Sylvie.
Sylvie, en même temps, se passait son envie
   De manger certains champignons
Roses, perlés de blanc, dodus, frais et mignons ;
    Tandis que la jeune Lucile
  Matin et soir dévorait des romans ;
Romans voltairiens, oui, mais d'un si beau style!
Romans scabreux, c'est vrai, mais si gais, si char-
                      [mants,
Qu'elle y rêvait sans cesse. A de tels aliments,
Que gagnèrent, hélas! et Lucile et Sylvie?
L'une perdit la foi, l'autre perdit la vie.

FABLE V

La Chauve-Souris

Princes, l'un des forêts, l'autre de l'empyrée,
    Seigneur Aigle et seigneur Lion
    Se firent guerre déclarée,
  Mais guerre à mort. Quelle en fut la raison ?
L'histoire n'en dit rien, d'ailleurs peu nous importe ;
    Peut-être aucune, et ce ne serait pas
    Le premier conflit de la sorte.
Ce qu'on peut affirmer, c'est qu'on vit des combats
    Pour une Iliade nouvelle (1).
La valeur fut égale et les succès divers.
Là, les oiseaux trouvaient la fortune infidèle ;
Leurs ennemis, d'un coup de leur griffe cruelle,
Eventrés et fumants les lançaient dans les airs.
Là des guerriers ailés les escadrons agiles
Fondaient inattendus sur la tête, les yeux,
Mutilaient, déchiraient et remontaient aux cieux.
Partout des cris de rage ou des plaintes stériles ;
L'onde roulait du sang ; on ne m'en croirait pas

(1) L'*Iliade*, poème d'Homère qui raconte les guerres des Grecs et des Troyens.

Si j'achevais ce tableau lamentable.
    Au milieu de tous ces combats,
Un animal, un seul, semblait invulnérable.
Oiseau, quant aux oiseaux le sort était heureux,
Quadrupède soudain, quand il tournait contre eux,
Dame chauve-souris trouvait moyen de plaire
Toujours au camp vainqueur. La matoise commère !
Du poil, elle en avait ; des ailes, tout autant.
Lequel préfériez-vous ? Vous l'aviez à l'instant.
    « A bas la plume ! au poil est la justice !
    Vive la plume et que le poil périsse ! »
        Un cri, cela ne coûte rien ;
Mais un cri bien placé rapporte bel et bien
Mille pour zéro ; bref, là tout est bénéfice.
        Demandez à tel citoyen
Qui marche constellé de croix et de médailles.
        Car les chauves-souris chez nous
        Ne sont pas toutes dans les trous
        Des toits et des vieilles murailles.

Mais enfin les deux rois, émus de tant de maux,
Et las de perdre en vain la fleur des animaux,
Signèrent de la paix tous les préliminaires.
Margot et Fagotin (1), plénipotentiaires,
    Furent chargés de conclure un traité.
Chaque point débattu, rebattu, minuté,

_____

(1) *Margot* la pie et *Fagotin* le singe, surnoms inventés par La Fontaine.

Sans articles secrets, par crainte d'autre encombre,
    On convint que leurs majestés,
Amenant de leurs gens chacune un même nombre,
S'aboucheraient tel jour, en tels lieux arrêtés.
    Ainsi fut fait; on conclut, on s'embrasse;
Voilà nos rois causant de la meilleure grâce,
Causant guerre, guerriers, enfin chauve-souris.
« Eh quoi! se dirent-ils également surpris,
    Cet animal n'avait amour ni haine?
Il trompait les deux camps! Ah traître! qu'on l'amène!»
La malheureuse avait délogé : bien lui prit.
Elle fut mise au ban de la gent animale;
    Chacun la tint pour fourbe et déloyale
Et dut lui courir sus, quelque part qu'il la vit.
Cet article ajouté, sont apposés en forme
    Ongle de l'Aigle et griffe du Lion;
Puis, séance tenante, au chevreuil, au pigeon,
Un double en est remis, certifié conforme;
Chacun de ces courriers soudain le répandit.

    Depuis lors notre volatile
        Versatile
    N'ose plus sortir que la nuit;
Encor ne l'ose-t-il que tout seul et sans bruit.
Conclusion : Mieux vaut être honnête qu'habile.

FABLE VI

L'Enfant sur l'épaule de son Père

Oui, certes, je suis un géant,
S'écriait un petit enfant
Que son papa portait sur son épaule ;
Je suis grand comme Atlas qui soutenait le pôle,
Je suis plus grand que toi, papa !
Le papa mit l'enfant par terre
Et du coup vous le détrompa.

Quand sur les travaux de nos pères
Je vois tant de savants, d'industriels hissés
Se proclamer entr'eux « le Siècle des lumières »
Et faire fi des temps passés :
Ah ! dis-je, bonnes gens, comme il vous ferait taire
Ce passé, s'il pouvait vous déposer par terre !

FABLE VII

La Girouette

Sur le faîte d'une maison
Une agaçante girouette
A tous les points de l'horizon
  Criait, grinçait, faisait la pirouette.
Elle s'arrête enfin du côté du levant :
Ouf ! se dit-elle alors, ce capricieux vent !
  Il en voulait faire à sa tête
Et rester au couchant malgré ma volonté ;
  J'ai tenu bon, et le voilà mâté !
J'avoûrai toutefois que ce n'est pas sans peine.

  Quand notre ciel se rassérène,
Quand cessent d'y mugir les révolutions,
Combien d'habiles gens, tourbe avide, importune,
Se font cribler d'honneurs, de décorations,
Pour avoir terrassé « l'hydre des passions »
Et fixé, disent-ils, l'inconstante fortune !
— Eux fixer la fortune ? Eh ! oui, le plus souvent,
Comme ma girouette avait fixé le vent !

FABLE VIII

L'Ane à vendre

Un âne sur un champ de foire
Etait à vendre, et le vendeur
Chantait sur tous les tons ses vertus et sa gloire :
« Un vrai régal, messieurs, pour l'œil d'un amateur!
Admirez ce poitrail, ce front, cette encolure
Et trouvez-moi dans le canton
Une plus fine créature!
Pour la douceur, Messieurs, c'est un mouton;
C'est un chien pour l'intelligence,
Pour la force un taureau, pour la grâce un cheval;
A l'égard de la tempérance
Je ne vois aucun animal
Qui puisse l'égaler. Oui, c'est une merveille
Messieurs, qu'une bête pareille! »
Ce disant, l'orateur tendrement lui passait
Une main sur le dos et même l'embrassait;
Et le grison, tout fier, dressait l'oreille.
Mais en vain s'approcha maint et maint auditeur;
Point d'acheteur !
La nuit vint; il fallut en chemin se remettre
Comme on était venu. Quel échec pour le maître!

7

Ce dernier change alors de ton
Et du dépit d'avoir perdu sa rhétorique
Se console aux dépens de la pauvre bourrique.
Il la caresse encor, mais avec le bâton :
   « Hu! fainéant, hu! lâche et sotte bête !
Tu ne sais que dormir, braire, manger toujours ;
Tu ne me gagnes pas le foin que je t'achète!
— Eh! mais, dit le baudet, quel est donc ce discours?
Je suis une merveille, il n'est rien qui m'égale,
Et puis, subitement, je suis un propre à rien,
   Le tout en moins d'une heure d'intervalle!
     — Je t'admire! lui dit un chien;
    Ainsi, tu croyais, camarade,
Lorsqu'il nous débitait tantôt son boniment,
    Qu'il parlait sérieusement!
— Je vois bien maintenant que c'était pasquinade,
    Répliqua l'âne tristement;
Mais ce que je déclare impudent et cynique,
C'est qu'il se contredise aussi complètement.
S'il avait pour deux liards, pour deux liards seulement
De logique... — Plaît-il? Tu parles de logique?
Interrompit le chien sentencieusement;
O mangeur de chardons, âme honnête et candide,
    La passion, l'intérêt du moment,
Voilà, sache-le bien, sa logique et son guide! »

    A vous aussi j'en dis autant,
   Vous qui pourriez, ô crédule jeunesse,
    Accepter comme argent comptant
    Les compliments qu'on vous adresse.

Le sage en prend, mais il en laisse,
Il en laisse plus qu'il n'en prend.
« Vous avez embelli ; que vous êtes aimable!
Votre esprit est divin, votre voix adorable ;
J'étais absent hier quand vous me vîntes voir,
J'en suis tout désolé, j'en suis au désespoir! »
 Voilà le langage du monde ;
Mais tel qui parle ainsi n'en pense pas un mot
Et, s'il vous voit prêter l'oreille à sa faconde,
Il sera le premier à vous traiter de sot.

FABLE IX

Le Bœuf et la Sauterelle

La critique est aisée et l'art est difficile.
(DESTOUCHES.

Un bœuf, le cou tendu, fumant sous l'aiguillon,
Traînait péniblement le soc dans le sillon.
 Cricri la sauterelle,
 Coureuse sans cervelle,
 Près de lui s'ébattait,
  Chantait,
  Sautait,

Puis du haut d'un brin d'herbe, elle jugeait l'ouvrage
Qu'à pas lents prolongeait son grave compagnon.
Le bœuf fit un faux pas. — Ah ! ah ! tête volage
    Et sans réflexion,
    On vous y prend, dit-elle ;
    Çà, notre vieux modèle,
    Voyez le beau sillon
    Que votre étourderie
    Vient de nous tracer là !
    Est-il rien, je vous prie.
    Plus tortu que cela ?
Le bœuf sans s'arrêter lui dit : Cricri, ma mie,
Sache qu'en fait de gens qui n'ont jamais bronché
Je ne connais que ceux qui jamais n'ont marché.

FABLE X

Le Charlatan

Avec permission du maire du village,
Un dimanche, à grand bruit, autour de ses tréteaux,
Un maître escamoteur appelait les badauds.
Il n'en devait coûter pour le voir à l'ouvrage

Que la peine d'ouvrir les yeux.
Il vomit des rubans, il avala des flammes,
Fit des plumes, des œufs, des fleurs; les bonnes âmes,
Dans un muet émoi, regardaient de leur mieux.
Bientôt il harangua l'honorable assistance :
Çà, dit-il, c'est trop peu de vous charmer pour rien ;
Moi, Brutus Croq'oison, le grand magicien,
Je veux qu'on se souvienne ici de ma présence.
Je vous donne à chacun un louis. Quel silence !
Je suis bien assez riche, et vous en aurez tous !
— On ne respirait plus. — Oui, dit-il, voyez-vous
Ce flacon noir pour vous apporté d'Amérique,
Où je l'ai composé d'un suc aromatique,
Avec brevet des rois d'Egypte et du Liban ?
Oh ! si l'on connaissait ses vertus spécifiques,
  Ophtalmiques et narcotiques,
  Odontalgiques et béchiques,
  Physiques et métaphysiques !
Mais bref, je ne veux pas faire le charlatan. [porte :
En deux mots, vous souffrez, où, comment, il n'im-
Prenez, Messieurs, buvez l'élixir que j'apporte ;
Trois gouttes, rien de plus : il guérit tous les maux
Passés, présents, futurs, anciens comme nouveaux.
Sa recette me coûte, à moi, vingt francs cinquante ;
Eh bien ! j'aime à servir l'humanité souffrante ;
Je vous le donnerai, devinez... pour dix sous ! [vous.
Dix sous ! c'est donc vingt francs, net, de gagnés pour

Approchez, hâtez-vous, car, voyez, c'est mon reste.
  Nos gens venaient à flots pressés :
Quel homme généreux! Vingt francs! bonté céleste!
  Et ce disant, ils vidaient leurs goussets
  Et ne pouvaient remercier assez.
Il suffit, mes amis, Croqu'oison vous acquitte,
  Dit enfin le magicien ;
Votre bonheur me paie, adieu, portez-vous bien ;
Le roi m'attend demain. Il partit au plus vite
  Et n'eut garde de revenir.
De la suie et de l'eau, c'était son élixir.

  Endoctrineurs socialistes
  Qui sur nous pleuvez à foison,
  Orateurs comme journalistes,
  Parmi vous que de Croqu'oison !

_____

FABLE XI

L'Ombrelle et le Parapluie

  L'ombrelle, quand le temps est beau
  Sort pimpante de son fourreau,
  Prête à vous faire compagnie ;
  Mais que le temps devienne noir :
      Bonsoir!
Plus d'ombrelle. Paraît alors le parapluie ;

Il vient braver pour vous l'eau, la neige et le vent;
C'est l'ami véritable. Hélas! mais trop souvent
    Dans nos amitiés les plus belles
  Que trouve-t-on? Des amitiés d'ombrelles.

FABLE XII

L'Enfant et l'Arbalète

Sapere ad sobrietatem.
(St. Paul.)

Un écolier, c'était un bon lutin,
De son grand-père obtint une arbalète,
    Et pour user de sa conquête
    N'attendit pas au lendemain.
Mais il tendit la corde avec tant de mollesse
  Qu'il vit le trait, au sortir de sa main,
    Tomber à ses pieds de faiblesse.
Il lui voulut alors donner plus de vigueur.
    C'était le cas; mais, par malheur,
Un enfant va toujours de l'un à l'autre extrême;
    Et dans le nombre il en est même
    Qui, toujours enfants sur ce point,
Prennent de l'âge et ne vieillissent point.

Le voilà donc contre la terre
  Appuyant un des bouts du bois,
Puis sur l'autre, en tirant la corde qui se serre,
  Pressant, pressant de tout son poids.
Hélas! le bois se rompt et lui saute au visage.

Le soin de gouverner est-il notre partage?
Soyons fermes et doux, mais pas plus qu'il ne faut;
Excès de qualité peut devenir défaut.

FABLE XIII

Les Rames et le Gouvernail

Les rames se plaignaient un jour du gouvernail :
  « Il leur laissait tout le travail;
Seules elles faisaient avancer le navire,
  Et cependant il voulait tout conduire;
Il fallait se passer de lui, tout simplement. »
Le gouvernail choqué, cessa tout mouvement.
  Ce fut tant pis pour le navire;
Bientôt contre un rocher il se heurte et chavire.

  Il nous faut un gouvernement;
Le peuple ne saurait lui-même se conduire.
Ses flatteurs, il est vrai, lui parlent autrement :

« Peuple, vous êtes grand ! Peuple, vous êtes sage ! »
Mais ce sont là des gens qui vivent du naufrage.

FABLE XIV

La Toile d'Araignée et le Filet du Pêcheur

Au centre de sa toile artistement ourdie
L'araignée immobile épiait son diner.
Une méchante guêpe, une mouche étourdie
    De la tête y vinrent donner.
La guêpe traversa la toile déchirée ;
La mouche ne le put ; elle fut dévorée.

Un pêcheur retirait des ondes son filet.
On y voyait sauter poissons de toutes tailles.
Les gros demeuraient pris ; mais au travers les mailles
Tout le menu fretin passait et s'en allait.

D'ordinaire, les lois sont toiles d'araignée ;
Le voleur d'un écu va pourrir en prison ;
    Mais cette injure est épargnée
A qui vole un état, fut-ce par trahison.

En revanche, les lois, quand une émeute gronde,
Sont filets de pêcheur ; malheur aux gros poissons !
Il n'est qu'une justice égale à tout le monde :
C'est la balance où Dieu pèse nos actions.

FABLE XV

La Demoiselle (1)

Connaissez-vous la sylphide,
　　Fée humide,
Insecte au long corset vert
Qui, sur quatre ailes de gaze,
　　Fuit ou rase
Le ruisseau de joncs couvert?

Il m'en souvient, sa parure
　　Fraîche et pure
Tenta mes yeux bien des fois :
Si doux était son prestige,
　　Quand la tige
Tremblait sous son léger poids!

J'avançais, la main tendue,
　　Suspendue
Sans bruit; je touche au roseau;
La sylphide qui s'élance,
　　Se balance
De l'autre côté de l'eau.

(1) Nom vulgaire de la Libellule.

Ah! disais-je, ô séductrice,
    Ton caprice
Est l'image du plaisir
Qui flatte mon cœur frivole
    Et s'envole
Dès que j'ai cru le saisir.

FABLE XVI

La mort de l'Angora

« Madame, votre chat est mort. — Je le regrette,
Dit la dame; c'était une excellente bête,
Il prenait bien les rats.— Mais, Madame, pardon,
C'est de votre angora qu'il s'agit. — Alors, bon!
    Chez le fourreur le plus célèbre
Portez-le; j'en vais faire un superbe manchon. »
L'angora n'obtint pas d'autre oraison funèbre.

    Ainsi nos regrets pour les morts
    Sont en raison inverse des trésors
Qu'ils laissent après eux. Vieux avare, courage !
    Bois de l'eau claire et mange du fromage,
Trime, spécule, pille et fais tous les métiers :
    Plus s'allongera l'héritage,
Plus se raccourcira le deuil des héritiers.

FABLE XVII

Les Melons

Rare un parfait ami, rare un parfait melon ;
Il en faut goûter dix pour en trouver un bon.
Que conclure de là ? Dire avec l'égoïste
Que de nom seulement l'ami fidèle existe
Et qu'à le rechercher nos soins sont superflus ?
Non, non, mais ce trésor si fort digne d'envie,
Si le ciel le présente à notre âme ravie,
   Nous l'en aimerons dix fois plus.

FABLE XVIII

Le Blé

Je suis le froment de Dieu.
(S. IGNACE D'ANTIOCHE.)

Cruel, pourquoi me battre ainsi,
Chasser mon grain, briser mon chaume?
Disait au laboureur l'Epi.
—Va, va, lui répondit Guillaume,

Tu n'es pas au bout! il faudra
Que ton grain, broyé sous la pierre,
Soit moulu, réduit en poussière;
Puis dans un four on le cuira,
Four où ton chaume flambera.
— Ah! dit l'Epi, quelle existence!
Pourquoi m'avez-vous moissonné?
Il vaudrait mieux n'être pas né!
— Tu blasphèmes la Providence,
Reprit Guillaume; ne crois pas
Que tu sois le seul ici-bas
Qui marche au but par la souffrance.
Vois l'olive, vois le raisin :
Sans le pressoir qui les écrase,
Point de flots d'huile ni de vin,
Et sans le bûcher qui l'embrase
Point d'encens au parfum divin.
Pour que la feuille de la menthe
Livre sa senteur odorante,
Il faut la froisser dans la main;
Et le gommier, l'arbre à résine,
Le pin de la forêt voisine,
Quand versent-ils mieux leur liqueur?
Quand on les perce jusqu'au cœur.

Oui, c'est la loi, la loi suprême,
Et Guillaume ne mentait pas;
Le Ciel éprouve ceux qu'il aime.
Voilà pourquoi des choses d'ici-bas

Les meilleures, les plus parfaites
Semblent quelquefois n'être faites
Que pour servir de cible aux flèches du trépas.
Voilà pourquoi, sainte Eglise, ô ma mère,
La paix pour vous n'est jamais qu'éphémère.
C'est malgré les tyrans que vous avez grandi ;
Persécutée au Nord quand tranquille au Midi,
Objet tantôt de rage et tantôt de risée,
De votre propre sang chaque jour arrosée,
Vous ne cessez jamais d'avoir
Quelque membre sous le pressoir.
Ah ! c'est que vous êtes l'arôme
De la science et de la liberté ;
Vous êtes le froment, le vin pur et le baume
Qui nourrit, réjouit, guérit l'humanité.
Aussi béni soit Dieu qui raffermit sans cesse
Votre inépuisable jeunesse,
Dieu qui vous associe à son éternité !

FABLE XIX

L'Oiseau et ses Ailes

Quand sur le sol marche l'oiseau,
De son aile pliée il porte le fardeau ;
Mais qu'il veuille, et cette même aile
Va l'emporter vers la voûte éternelle.

Ainsi, quand l'homme, né pour des destins plus hauts,
    S'attache à la terre et s'y traîne,
Ses passions pour lui sont de pesants fardeaux ;
Elevons-les vers Dieu, la Beauté souveraine :
Elles feront de nous des saints et des héros !

FABLE XX

Le Singe naturaliste

    Les singes sont observateurs.
La Guinée en eut un qui prétendait connaître
De tous les animaux la structure et les mœurs ;
C'était un vrai savant, tenant à le paraître,
Tenant à l'être aussi. Vinrent dans ses forêts
    Deux hommes blancs : rare sujet d'étude.
    Il les guetta, selon son habitude ;
    Il les surprit dînant, assis aux frais,
Et bien vite sur eux il braqua sa lunette.
    L'un des dîneurs, sans égards, lui lança
    Un gros caillou ; Gilles le ramassa,
    Mordit dessus et dit, hochant la tête :
L'homme est vraiment une étonnante bête !
    Les blancs n'ont pas l'estomac comme nous :
En voici deux qui mangent des cailloux.

Avis aux singes de science
Qui vous formulent une loi
A l'étourdie et sur la foi
D'une première expérience.
Avis tout spécial à leur outrecuidance
Quand, sur le vu d'un os ou d'un caillou pointu,
Moins que cela, d'un informe fêtu,
Ils donnent à Moïse un brevet d'ignorance
Et des leçons d'histoire à l'Esprit créateur
Qui fut son guide et son inspirateur.

———————

FABLE XXI

La Bécasse

Une bécasse, au coin d'un bois et d'un marais,
Philosophait et, le nez dans la vase,
Entonnait un hymne au progrès :
« Oui, je sais être juste; oui, je tombe en extase
Devant un ennemi tel que le genre humain.
Ce chasseur qui, d'abord nous prenait à la main,
Inventa la flèche légère,
Puis au ciel contre nous il ravit le tonnerre.

—D'accord, c'est un progrès, je n'y contredis point,
Lui dit une perdrix; mais, bécasse, ma mie,
Mais s'en trouve-t-on mieux? Voilà, je crois, le point...
Nous tuer d'une lieue est un trait de génie;
Moi, j'aimerais d'abord qu'on ne nous tuât point. »
L'autre allait répliquer; elle eût dit des merveilles,
Sans un plomb meurtrier qui leur siffle aux oreilles
    Et coupe à toutes deux la voix.
  La perdrix file et disparaît sous bois.
    La peu circonspecte bécasse,
  Se contentant d'avoir changé de place,
    Se pose de nouveau tout près;
  Elle grillait de reprendre sa thèse :
« Vous avais-je pas dit? Ce coup, j'en jurerais,
Part d'un fusil nouveau; j'en suis, ma foi, bien aise;
Un chassepot, qui sait? Vive donc le progrès! »
    La perdrix était loin; mais l'homme
Entend la discoureuse. Autre coup de fusil
  Qui n'interrompt qu'à peine son babil :
  « C'est le progrès, c'est le progrès en somme, »
  Répétait-elle à trente pas de là.
    Troisième décharge siffla.
Cette fois elle en tint. Tayaut! un chien arrive;
    Elle a beau crier encor : « Vive
    Vive le pro...! » la fin du mot
    Meurt dans la gueule de Tayaut.

Ne parlons pas du progrès en bécasses ;
  Distinguons progrès et progrès.
Nos modernes savants ont, sous toutes ses faces,
Retourné la nature et ravi ses secrets ;
Mais le gaz, la vapeur et la télégraphie
Est-ce tout ? mes amis, regardons de plus près.
  Autrefois une dynastie
  Durait ses huit ou neuf cents ans ;
Aujourd'hui tous les douze ou quatorze printemps,
  On voit rouler un diadème
Parfois la tête avec... Bravo ! Bravo quand même,
Et vive le progrès ! Autrefois, sans grands frais,
On levait des soldats quand c'était nécessaire,
Mais on les renvoyait à la fin de la guerre.
  Vinrent Luther, Calvin et le progrès :
On dut, pour escorter nos libertés naissantes,
  Instituer des troupes permanentes ;
  Enfin la Révolution
Qui croyait du progrès marquer le dernier terme,
  Inventa la conscription.
Mais nous avons fait mieux : tout, sans exception,
Tout est soldat de vingt à quarante. Allons, ferme !
En avant, plus qu'un pas, et nous aurons porté
A leur comble la paix et la fraternité.
On va faire aux marmots apprendre l'exercice
  Entre les bras de leur nourrice
Et l'on verra Fanfan, et bientôt, s'il vous plaît,
Coiffé d'un casque à pointe au lieu d'un bourrelet.

Ce progrès-la n'a rien d'aimable; il nous emporte
  Droit à l'état sauvage; mais qu'importe?
Progrès! c'est le progrès! On le crie en tous lieux :
Amis, battons des mains, car tout est pour le mieux.

FABLE XXII

Les Alouettes et le Miroir

A LA FRANCE

« Le voici! le voici, mes sœurs! — Qui? — Je l'ai vu!
—Mais qu'est-ce donc? — Mes sœurs, je l'aperçois en
                                              [core;
C'est un soleil nouveau qui pour nous vient d'éclore,
Là-bas, vif, éclatant, beau comme l'inconnu!
Venez, mes sœurs, laissons derrière ses nuages,
Laissons l'autre, vieilli, se perdre et se cacher;
Descendons vers la terre et portons nos hommages
A ce Dieu que du moins nous pourrons approcher!

  Ainsi parlait, planant sur les campagnes,
    Une alouette à ses compagnes
Qui, libres comme l'air et prestes comme lui,
Lançaient joyeusement leur chanson printanière
Et, nageant en des flots d'azur et de lumière,
Saluaient l'Orient où le jour avait lui.

Toutes ensemble alors elles quittent la nue
Et, vers un point brillant qui fascine leur vue,
La troupe gazouillante abaisse enfin son vol,
Puis s'arrête, en suspens, à quelques pieds du sol.
    Au milieu d'une vaste plaine,
    Par terre, avec un léger bruit,
Un objet singulier s'agite et se démène
    D'où la flamme au loin rejaillit.
Quels éclairs! Quels torrents d'étincelantes gerbes!
    Spectre mobile, éblouissant,
Il est là tournoyant sur lui-même et dansant;
On dirait un démon sur la pointe des herbes,
    On dirait un astre vivant.

Mais voici qu'au milieu de l'extase un tonnerre
    Eclate du sein de la terre,
    Tout à côté du spectre décevant;
Une alouette, puis une autre, foudroyée,
    Tombe et roule sur le gazon,
    Tandis que la bande effrayée
S'envole et se disperse au bout de l'horizon.

Mais elles reviendront. Bientôt les oublieuses
Que le magicien ne cesse d'attirer
    Reparaîtront, toujours plus curieuses
    D'admirer et de se mirer.
Le trépas cependant redouble ses ravages
    Et le chasseur, sans les rendre plus sages,
    Ne cesse de tirer.

L'on dit même, l'on dit que plus d'une , blessée,
Traînant sous les buissons son aile fracassée,
Vers le fatal foyer tournait encor les yeux
    Et murmurait d'une voix affaiblie :
      Le cruel nous coûte la vie,
    Mais il était si beau, si radieux !
Et nous l'aimons toujours, jusqu'en notre agonie ;
A lui seul nos regrets et nos derniers adieux !

      Ah ! pauvre France mutilée,
      Tu dois commencer à le voir,
La Révolution (1) dont tu t'es affolée
Qu'est-ce autre chose hélas ! qu'un perfide miroir ?
    On te berça d'un rêve humanitaire,
    On t'annonça le paradis sur terre,
    On te promit la paix, l'égalité,
      Le progrès et la liberté ;
    Mais on bannit le ciel de ta pensée
Et le Christ de tes lois. Dis, que t'a-t-on donné ?...
      Détourne, alouette blessée,
    Détourne enfin ton regard fasciné,
Et remonte au séjour de ta gloire passée ;
      Tu retrouveras avant peu
      Ta chanson où tu l'as laissée,
Là-haut, dans le ciel pur, au soleil de bon Dieu !

(1) Par Révolution, l'auteur entend non telle ou telle forme de gouvernement,
mais, comme il l'indique six vers plus bas, cette grande illusion de 1789 qui, défi-
nissant les droits de l'homme sans tenir aucun compte des droits supérieurs de
Dieu, a prétendu organiser la société en dehors de toute religion : erreur fondamen-
tale qui, pour le malheur du monde, se répand aujourd'hui, avec l'instabilité sociale
qui en est l'inévitable suite.

FABLE XXIII

Le Singe et la Colombe

Une colombe toute blanche
Au sommet d'un hêtre perchait,
A l'extrémité d'une branche
Qui sur un abîme penchait.
Un gros singe armé d'une hache
Grimpa si haut qu'il put vers elle et, furieux,
Se mit à frapper sans relâche
Ce vert rameau qui les portait tous deux.

Que faites-vous, dit la colombe ;
Ce que vous ébranlez est votre unique appui.
Si par malheur, le rameau tombe,
Bûcheron insensé, vous tombez avec lui !

Moi, répond le singe avec rage,
C'est à toi, c'est à toi, colombe, que j'en veux !
Ton renom d'innocence est pour tous un outrage !
Ton roucoulement doucereux
M'empêche de dormir. Au gouffre ce feuillage
Qui cache en ses replis tes complots ténébreux !

Il redouble, à ces mots, les efforts de sa haine
Et le rameau craque et se rompt ;
Et l'animal pervers qu'en sa chute il entraîne
Avec lui roule jusqu'au fond.

Mais la colombe ouvrant son aile,
S'échappa dans les airs paisible et sans effort,
Et le singe élevant vers elle
Son œil déjà voilé des ombres de la mort,
La vit planer là-haut vers la voûte éternelle.

Combien de fois, depuis dix neuf cents ans,
De l'Eglise du Christ les rameaux bienfaisants
Ont été mutilés par des mains criminelles !
Hardis persécuteurs, les plus forts des humains,
Frappez, frappez encor : la hache est dans vos mains ;
Mais vous verrez un jour que l'Eglise a des ailes.

ÉPILOGUE

Le Soleil et le Vert luisant

Le soleil se couche en sa gloire;
Le calme se fait après lui.
Reine à son tour, dès qu'il a fui,
La nuit silencieuse et noire
Semble du linceul de la mort
Couvrir la terre qui s'endort.
Que vois-je au bord de la prairie?
Un vert luisant, à ses côtés
Traînant d'incertaines clartés,
Vient émailler l'herbe fleurie
Et, sans doute, en rôdant ici,
Se flatte qu'on l'admire aussi.
Frêle planète vagabonde,
Va, ton orgueil est insensé;
Si tu crois avoir remplacé
Celui qui réchauffe le monde!
Astre immortel et radieux,
Honneur de la céleste voûte,
Il roule, et partout sur sa route,
De ses inépuisables feux
Remplit les profondeurs des cieux.

Et toi, lorsqu'il parcourt l'espace,
A grand peine éclairant ta trace,
Qu'as-tu pour disque? un feu caché
Qui rampe à tes flancs attaché,
Un feu qui n'achève d'éclore
Que pour mourir devant l'aurore !
Cache-toi, pauvre ver, crois-moi,
A quoi bon ton mesquin phosphore ?
Nul regard n'a besoin de toi...

Mais non; la suprême sagesse
A chaque être de l'univers,
A fixé des rôles divers.
Non; je m'approche, je me baisse...
Petite étoile des prés verts,
En l'absence du dieu superbe,
Pour les habitants du brin d'herbe
N'es-tu pas toi-même un soleil?

Par toi quand la nature entière
S'abandonne ailleurs au sommeil,
L'insecte reprend sa carrière.
Alors, à ta pâle lumière,
D'une mousse aux ravins profonds
Un voyageur gravit les monts;
Ou s'enfonçant dans les bois sombres,
Passe, effrayé des vaines ombres,

Par les frais sentiers des vallons.
Alors une barque exposée
Sur une goutte de rosée
Erre, jouet des aquilons;
Mais toi sur cette mer nouvelle
Tu te lèves, guide fidèle,
Et jusqu'au jour les matelots
Suivront ton phare sur les flots.

Et qu'importe, douce lumière,
Qu'une autre brille plus que toi ?
Qu'importe que, tout éphémère,
Chaque matin, par l'astre roi
Ta lueur se voie éclipsée ?
Du moins, avant d'être effacée,
Elle a lui sur son horizon
Et fourni la tâche sacrée
Des astres du vaste empyrée
Comme des astres du gazon.

Ainsi dirions-nous, ô ma muse,
Si du flambeau que notre main
Voudrait offrir au genre humain
La lumière à peine diffuse
Devait s'éteindre avant demain :
Elles ne pouvaient plus renaître,
Ces clartés que tout l'univers

Vit jaillir, par torrents, des vers
De La Fontaine notre maître;
O muse, et nous ne saurions être
Un soleil en tous lieux présent;
Mais de nous on n'a vu paraître
Rien que de pur, de bienfaisant,
Et nous aurons rempli, peut-être,
L'humble destin du ver luisant!

L'auteur n'a pas voulu que ce petit livre, consacré spécialement à la jeunesse chrétienne, se terminât sans que le nom de la Mère de Dieu y fût prononcé. Il a donc cru devoir y ajouter une ballade, une seule, extraite de ses *Fables, Contes et Ballades.*

Cette petite allégorie est en style appelé *marotique*, c'est-à-dire en style ancien, du temps de Clément Marot; mais il sera facile d'expliquer aux enfants les quelques mots ou tournures vieillies qui s'y trouvent.

Le Bouquet de l'Ange

BALLADE

Un ange descendu sur terre
Pour sa Reine, la Vierge-Mère,
Un bouquet désira cueillir;
Et jà devers rose jeunette
Se baissait quand, courbant la tête,
Rose de sa main sembla fuir.

Suis reine de beauté, dit-elle;
Mais est tant plus gente et plus belle,
Icelle pour qui travaillez
Qu'auprès serais toute flétrie;
Nenni, bel ange, vous en prie,
Bel ange point ne me cueillez.

Non loin croissait jasmin timide;
Il dit : Suis bien frais, bien candide;
Pourtant trop sembleraient souillés
Miens fleurons ès-mains de Marie;
Elle est si pure! Ah! vous en prie,
Bel ange, point ne me cueillez.

Lors allait prendre violette;
Mais celle-ci cria : Pauvrette!
A la Vierge si me baillez,
Moi qu'on trouve humble en ma prairie,
Ne serai qu'orgueil! Vous en prie,
Bel ange point ne me cueillez.

Pareillement œillet modeste
Apprit au messager céleste
Que point ne sentent les œillets
Auprès des parfums de Marie;
Ains, ajouta-t-il, vous en prie,
Bel ange, point ne me cueillez.

Oyant propos toujours le même,
Bien voit l'Ange qu'Icelle qu'aime
De ses vertus dans ces bas lieux
Avoir ne peut digne symbole.
Adonc épand son aile et vole
Bouqueter là-haut dans les cieux.

FIN.

TABLE

Bourg, imp. J.-M. Villefranche, place d'Armes, 1.

OUVRAGES DU MÊME AUTEUR

SOUS PRESSE

www.ingramcontent.com/pod-product-compliance
Lightning Source LLC
Chambersburg PA
CBHW061457030726
47503CB00005B/1751